爲我傾聽
貓與那女孩
捎來了信

경청

金惠珍—著
林倫仔—譯

目次

感動好評

「所謂的善意，是在相安無事的時候才有的東西。」然而，善意並非在關鍵時刻消失，而是優先用來照顧自己了，因為當人對自己「善」的存底不足，就無法將那脆弱的自己，放心地交付於他人手心，更難以窺見他人眼底裡的良善。

本書記錄了一個人與一隻貓，如何真實地從失誤、受傷、自我保護、拒絕世界，轉而逐步學會接納，並擁抱世界的暖心故事。邀請你細細「傾聽」這個故事，在字裡行間尋回那份早已存在，卻常被遺忘的善意與溫暖。

——李家雯（海蒂）（諮商心理師、文筆家）

一部好的小說，比起一張說話的嘴巴，應該更接近一雙聆聽的耳朵。當一個人無法輕易掏出內心時，能在其身旁靜靜等待的，一雙稱為小說的耳朵。金惠珍作家會在人物猶豫不決時，隨著他望向同一個地方，並且保持沉默，盡力傾聽，不會將人物不想說的事情硬擠出來傳達給讀者。

本書不僅讓我感受到金惠珍作家對人物真誠的關懷與尊重，也讓我有受到尊重的感覺，使我能夠在不依靠他人草率的評斷和安慰下，從我的心中撈出只為了我而說出的話語。這個故事給予了我謹慎又堅定的力量。

——崔真英（韓國作家、《李智雅姊姊，現在終於能說了》作者）

爲我傾聽
貓與那女孩
捎來了信

李盛木記者：

您好，我是林海秀。

收到這封信，您可能會很意外吧。也許您早就把我的名字忘得一乾二淨了，畢竟對某人來說就算死了也不會忘記的事，對另一些人而言卻很容易遺忘。忘不了的人煎熬得心都焦了，已經忘記的人卻能若無其事地生活，怎麼能這樣呢？

也是，畢竟比這更過分的事都有了，或許這就是人生吧。

假裝活著、活得像個死人、雖然活著但跟死了沒兩樣。若您看到現在的我，就能知道一個人要變成這副德性，完全是有可能的。至於理由，我想您應該猜到了。

現在也是，只要上網就能看到您寫的報導。您寫的那些關於我的報導，怎麼能夠連最基本的事實查核都不做，我實在無法理解。

我不懂，為什麼三番兩次要求您把那些不過是拿坊間謠言拼湊出來的文章下架，卻屢屢遭到拒絕？那個要求這麼理所當然，為什麼不被接受？無論我怎麼想，在我的常識範圍內實在

她寫到這裡，暫時放下了筆。沾在手背上的墨水在紙張下方空白處留下一個黑色的汙漬。失敗了，得重寫一張。不過她很清楚，並不是因為不小心沾到墨水漬的關係，而是這

封信不夠有力。光憑這些詞彙，以如此彬彬有禮又流暢的形式，傳達不了自己的心情。

她俯視自己選用的單字，然後拿起原子筆，畫掉「也許」、「就算死了」、「煎熬」等詞彙；還將「不會忘記的事」改成「無法忘記的事」，並嘗試把「名字」一詞改成「存在」這個詞彙。然而滲透在整封信裡的謹慎和遲疑卻沒有因此徹底消失。

得有個什麼犀利、激烈的東西，能夠不停重新點燃火種，燒出熊熊大火。僅靠這種平凡無奇的詞語，無法形容不時朝自己襲來的情緒，太弱了。

她已經很久沒有在生活中表露情緒了，倒不是完全沒有不能忍受的一刻，只是大致上都還能忍，而且很容易就忘了。從前的她相信自己能控制情緒，認為是自身的意志力和努力使自己做到這一點。而在一切都變得不可能的現在，她不得不承認這件事之所以成為可能，是因為當時自己身處的生活，而非自身的意志力和努力。

她將信紙對折又對折，放進口袋，走出家門。現在這個時間，就連夜晚出來散步的人大多也都回家了。幾名醉漢在亮燈的店家前分著菸抽。每當車子經過，通紅的臉就被明亮的大燈給逮個正著。

她出了窄巷後，穿越一條四線道馬路，往公園方向走去。公園很暗，冷清清的。直到幾年前，這裡還是許多簡陋小酒館的戰場，到了晚上，店家就會打開五顏六色的燈泡，然後把貼了貼膜紙的門微微打開，整夜等待客人上門。透過微開的門縫所見的小酒館內部粗劣頹廢，有些淒涼。當時這裡和沖上來各種東西的粗陋港口沒什麼不同。

但如今，那些痕跡已蕩然無存。

取而代之的是間隔一定距離排開的電梯大樓和眾多可以清晰看見內部的商店，以及寬敞的道路和乾淨的人行道地磚。人們熟練的來來去去，像是已忘卻早前的風景。也是，知道這個地方的過去的居民幾乎沒剩幾個了。

她沿著長長的公園走，努力想在恰到好處的靜謐和幽靜的燈火中找回平常心。春天就快來了，她把專注於季節，每當風吹起，路樹的影子就會微微晃動。這些影子在整個冬天還只是些細細長長的線條，如今正慢慢成形，在未來幾個月裡，它們的身軀將變得非常龐大。

深夜散步在各方面都有好處，也很安全。

畢竟在大白天，所有事物都很容易暴露，而人們喜歡對顯露在外的東西指指點點、發表意見；也許要在視野變窄的半夜，人們那些令人害怕的好奇心才會入眠。她挑了較暗的那邊走，繞了公園第二圈後，在公園入口的垃圾桶前佇足。接著拿出折得整整齊齊的信紙，將它撕碎後丟掉，彷彿是在將自己裝在信裡的情感報廢，誓言不再被那種情緒左右一般。

當她快抵達家門前的巷子時，看見兩個居民正在起爭執。

「妳為什麼老在別人家的門口餵飯？」一個彎腰駝背、矮小的背影提高嗓門。

「老人家，這裡不是門口，是馬路，這是大家都在走的馬路。」另一個個子較高的背影回應。

「就算是這樣，這裡人來人往的，妳幹嘛在馬路上餵貓？要是這麼喜歡餵，在自己家前面餵就好，幹嘛來給這一區的人找麻煩？」

「我什麼時候找麻煩了？牠們也要吃飯啊。我餵牠們吃飯，怎麼會是找麻煩呢？現在是您在找我麻煩。」

一個人的聲音不斷攻擊，另一個聲音則處處防禦。兩人的聲音好比一方持著矛、一方持著盾，誰也沒有要讓步的意思。

一輛轎車流洩著流行歌曲的旋律駛出巷弄，淒涼悲苦的歌聲緩緩遠去。她小心翼翼地把身子貼在一輛違規停放的貨車旁。如果要回家，就必須經過兩人對峙中的巷弄，那樣的話，他們之中就會有人認出她來，也許還會突然跟她搭話，搞不好還會徵求她的意見，或是向她拋出為難的問題，說一些沒必要聽的話。

幾天前在超市裡，她就受到這樣的攻擊。

當時她正在貼著買一送一、超特價、閉店前特賣等標示牌的生鮮區徘徊。有個人佇足在展示芹菜和蘿蔓萵苣的櫃前，瞟了她幾眼後走過來問：

「請問您是不是林海秀博士？我沒猜錯吧？竟然會在這種地方見到您，真是太神奇了。您住在這一區嗎？」

開口的是個一邊肩膀上背著黃色購物袋、身上披著藍色開襟衫的女人。放在女人頭上的大墨鏡看起來岌岌可危，好像馬上就會滑下來。

她沒有做出明確的回答，但女人還是看著她，又說了一句：

「雖然不知道這種話您聽了作何感想，但老實說，我不覺得那件事全是您的錯。那些說三道四的人什麼都不懂，他們那種人本來就喜歡說長道短，您不要理他們。」

她朝女人微微一笑，不，應該說是她努力試著這麼做。但她能明顯感覺到臉部肌肉越來越僵硬，好像要麻痺了。

「其實我的想法是這樣啦，那時候不是有很多報導嘛，我認為您應該表現得更強硬一點才是。對付那種人就是要強勢，他們才會閉嘴。要是讓他們看到妳猶豫不決，當然就會更拚命的撲上去。那些人喔，講不通啦。」

她不得不俯視著一堆疊得像塔一樣的美生菜，忍受這個時刻。要不是一顆放在最頂端、看起來很驚險的美生菜滾落到地上，使得幾顆美生菜又跟著滾下去，連帶讓那座金字塔形狀的美生菜稀里嘩啦地撒落一地，導致超市員工跑來，造成小小的騷動，那麼她可能就得站在那裡聽完那些朝她飛來的無禮言語，直到女人自己停止說話為止。

「我不是那種人」、「我和那種人不一樣」。

這些和他人劃清界線的言詞，將他人趕得遠遠的話語，都只是為了凸顯自己的正確與正義的說詞。然而對她而言，這些話毫無區別，因為人們的話會讓她想起自己所經歷的，證明這一切依然絲毫沒有被遺忘，而且隨時都會以這種方式不斷警告她，自己的名字家喻戶曉。也許是她的自卑感和被害意識在作祟，總之她不想被捲入。無論是什麼東西、是什麼事，她都不想再受牽連了。

就在她轉頭時，一團橘色身影以迅雷不及掩耳的速度躲到了一輛停在路邊的貨車底下。

她的日常生活很規律。

她會在早上八點起床，先躺在床上做些簡單的伸展，接著在刷牙後喝一杯水。之後她會把窗戶打開，一邊喝咖啡，一邊打開收音機。廣播裡傳來的主要是聽眾們一些雞毛蒜皮的小事。她會在十點前吃個不早的早餐，然後做些家事，迎接中午的到來。過了中午，時間就會流逝得很快，不知不覺就兩、三點了，然後晚上就來了。

吃晚餐前她主要都在寫信，她會手寫，偶爾也會寫電子郵件。這是她一天之中最重要的例行公事。從簡單的問候開始，接著將謹慎挑選的單詞像墊腳石橋那樣一個個放下，最後迷失在成千上萬個單詞裡。待夜晚來臨，她就會帶著寫一半的信出去散步，在公園裡走一個多小時後，把精心寫好的信作廢，然後回家。做完這些後，她才能感到安心，認為自己又安然無事地度過了一天。

她的一天平靜且安詳。

從外在各方面來看是這樣沒錯。事實上她的內心是易碎的玻璃，哪怕只是是輕微的碰撞也很容易碎裂，而且碎裂後需要很長一段時間才能復原。不論是什麼，只要被損壞一次，就無法回到最初的原貌。儘管她心知肚明，仍拋棄不了希望，盼望能像以前一樣，找回堅強的內心。

不可能的願望，不會實現的心願。

即使她這般生活，她的日常之所以能持續，也許要多虧於她頑強的堅守這種信念。

某天晚上，在散步完回家的路上，她又看到了那個幾天前躲進貨車底下的橘色身影——是一隻貓。她在一輛停在停車格的貨車前蹲下，縮在貨車底下的貓抬頭望著她，兩隻眼睛裡發出亮光。

「讓社區居民吵架的原來是你。」

她自言自語著，一邊把手伸出來試探。蜷縮著的貓小小地張開嘴巴，擺出警戒姿態。那隻貓很小，雖然不是年紀很小的幼貓，但似乎也不是成貓。

「過來。」

她低下頭，試著把手再伸長一些。三五成群的行人說話聲漸近漸遠；兩輛摩托車競爭似地以驚人的速度騎出巷弄。貓把兩邊耳朵往後壓得扁平，嚇得環顧四周，同時保持對她的警惕。

「原來你很膽小啊。」

在她打算起身的那瞬間，貓「喵嗚」地叫了。她再次低頭看貨車底部。貓又發出「喵嗚」聲。

貓的額頭上有個略帶紅色的疤痕，是乾掉的血痕。她把頭整個歪向一邊，仔細察看牠的傷口。硬幣大小的紅痂已經變黑，潰爛發白的痕跡正在往邊緣擴大。問題不只如此，貓其中一隻前腳又粗又短，好像腫起來了。當她往前靠近，想再看仔細點時，貓馬上把前腳藏到了身體底下。

她去附近的便利超商買了一瓶牛奶和一包雞胸肉，想讓那個小生命充飢，想把牠從滿是菸蒂、塑膠和各種垃圾的黑暗中解救出來。不，她是拿那隻可憐的貓當藉口，再次陷入自我憐憫。

她從蜷縮在貨車底下的那隻貓身上，想起自己身處的殘酷現實，並反覆咀嚼自己可憐的處境。要從一隻與自己毫不相關的流浪貓身上發現自己的悲傷和悲哀，悲痛和憤怒，多容易啊。成為徹底的受害者。對自己的憐憫，永無止境。

當她回來時，貓已經離開了。貓像是看穿了她的意圖，即使她又等了好一陣子也沒出現。最後她只好回家，把牛奶和雞肉放進冰箱裡。

這種生活模式已經持續了一年多，對此她毫無怨言。

然而她不能保證自己還能這樣生活多久。她很明白自己不適合這種單調的生活，如此枯燥乏味的日子無法滿足她，這一點她比任何人都清楚。原本她對人生充滿了期待，有無數可以夢想的事情，但她作夢也沒想到，自己的生活竟會以這種方式，淪落到一點特色和個性都沒有。

她的生活變成了就只是生活，要說是別人的生活也可以。她再也不是這個生活的主人。

第二天晚上，她又看到了那隻貓。那時貓正從貨車底下探頭出來，看到她走近，便趕緊躲起來。她小心翼翼地蹲在貨車前面，拿出牛奶和雞胸肉，然後將牛奶倒進紙杯，把雞胸肉整塊放在那裡。

「吃吧，來吃吃看。」

儘管她輕柔的勸說，貓還是一動也不動，只用兩隻發亮的眼睛注視著她的一舉一動。牠對外界那種頑固的戒心是與生俱來的嗎？還是不得已學到的？無論是哪一種，都會讓生活變得孤獨而艱難。想法再次傾向自憐那一邊。她穩住那種念頭，往後退一步。

貓探出鼻子，似乎很想吃。

「不好意思，那個……」

有人叫住她，回頭一看，發現有個小女孩站在那裡。不，說是小孩嘛，塊頭還挺大的。是小學生？國中生？她一邊猜測女孩的年紀，一邊看著女孩。

「那樣給牠一整塊的話，牠應該沒辦法吃。貓咪的嘴巴都很小嘛。那是雞胸肉吧？可是牠剛才吃過飼料了。」

她一站起來，就感覺女孩的塊頭相對小了許多。女孩將大大的斜肩背包換到另一側肩膀之後，在原地小跳步。

「這隻貓妳認識嗎？」

「妳說牠嗎？我當然認識啊。不過啊，那個不是人吃的雞胸肉嗎？不可以給牠人吃的東西，因為都有調味了，聽說對貓咪的腎臟不好。」

「是嗎？」她往下看了看放在地上雪白的雞胸肉。

若是放在盤子上一定很誘人的雞胸肉，突然有種怪異感。她猶豫了，不知道該把雞胸肉撿起來，還是就直接放著。女孩突然彎下身查看貨車底下，大大的背包往前傾，背包裡的物品全都倒向一邊，發出噹啷噹啷的聲響。

「哦，這個應該沒關係，因為是沒有調味的。我偶爾也會吃這個雞胸肉，真的很難吃。」

女孩那樣說完後，蹲下來開始在背包裡翻找，動作粗魯又突然，那種不理會對方、漫不經心又自然的舉動，多少降低了她的戒心。

「下次看到牠的時候，可以幫我給牠這個嗎？牠很喜歡這個。」

「這是什麼？」

「是肉泥條，一種貓的零食。如果沾到手上，味道會很重。」

一輛黑色中型轎車按著喇叭穿過巷子。她和女孩緊貼著貨車那側。女孩流了汗的臉油油亮亮的，身上傳來一股酸溜溜的汗味，那個味道就像是從勞動了一整天的人身上發出來的疲勞的味道。她的視線小心謹慎地在女孩腳上的運動襪和包覆一隻手腕的護腕，以及緊緊紮成一束的頭髮之間來回。

「只要把這裡稍微撕開一點，擠給牠就可以了。牠不會主動靠過來，所以要擠在地上。」

她接過女孩遞給她的肉泥條。她在這個社區，從來沒有和誰進行過這麼長的對話，雖然不是完全沒有熟識的人，但就連那少數幾個人，也已經忘記該怎麼和她說話很久了。如今他們會下判斷且提出自己的主張，並積極提供建議和方法，彷彿很享受用這種方式將她困在過去那個事件中。

「原來貓咪們喜歡這種東西。這要多少錢？」

她一翻找口袋，女孩便裝模作樣地回應：「不用給我錢，我也是從一個阿姨那裡拿到的。下次見到牠的話，一定要給牠吃喔。」

忽然，女孩用手指向貨車下方，貓已經從貨車底下走出來了，半縮地抬起一隻粗短的前腳，正在輕輕地舔紙杯中的牛奶。牠雖然用三隻腳站立，但身體依然保持平衡。兩人的目光一時被貓咪的那個模樣給吸引。

「妳看到了嗎？就是那邊那隻前腳。現在是已經好很多了，幾個禮拜前還超腫的，連走路都沒辦法好好走。」女孩說。

在旁偷偷觀察兩人的貓咪再次往貨車底下消失不見。她不解女孩為什麼跟自己說這種話題，也搞不懂自己為什麼會和一個初次見面的小孩聊這些，但她還是沒有離開。

「可是聽說牠度過難關了，是一個在這裡餵貓的阿姨說的。那個阿姨說牠比人們想得要堅強得多，所以才能順利戰勝難關。那個阿姨還說，在街上生活的流浪貓和一般人想得不一樣，牠們真的很聰明、很勇敢。」

她對這些話很是滿意。當她往貨車底下看，就看到那隻貓微微探出了頭。這次，她覺得貓看起來有些不一樣了。她又問了女孩幾個問題，像是貓咪通常什麼時候出現，牠在哪裡吃飯，定時餵牠吃飯的人是誰，貓咪大概幾歲了，傷口是什麼時候出現的等等。女孩都老實地回答。然而當手機一響，女孩就馬上準備要離開了。

「我該走了。」

「名字呢？」

「牠叫結頭菜，是我取的。」

女孩那樣回答後便轉身離開。她想知道的是女孩的名字，不是貓的名字，不過她還是點了點頭。當女孩離她很遠的時候，她才像是想起了什麼一樣，提高嗓門問道：

「妳知道牠為什麼會受傷嗎？」

「每次只要我說我是三年級，大家就會問是不是真的，但是是真的！」

女孩再次給了一個毫不相干的答案，大概是車聲和噪音讓她沒聽清楚。女孩的背影穿過一條車水馬龍的道路，不一會兒就消失在視線中。

周賢：

我打了幾次電話給妳，但妳似乎一直不方便接電話。妳過得好嗎？我呢，就那樣，馬馬虎虎，至少在努力過那樣的生活，也知道自己必須付出那種努力。聽到我這麼說，是不是鬆了口氣？

我們最後一次見面時，妳應該也知道我很敏感，畢竟當時那種情況也是情有可原嘛。我簡直是失去了理智。我還記得妳當時說很快就會過去，要我撐下去，沒必要再把更多事情搞砸，弄得更糟。

我明知道妳那樣說是為我好，但我當時真的很討厭那句話，好像是在警告我日後會有更多事情垮掉。我那時嚇壞了嘛，因為不想被別人看穿，所以對每個人都大吼大叫、蠻橫霸道，尤其是對親近的人。

但我不該說出那種話的，我不知道為什麼自己會突然冒出那句話。我問妳，是不是很高興看到我變得不幸，還帶刺的說看到我這副模樣心情如何？對妳很久以前經歷的那段艱辛歲月說三道四。沒錯，真的是說三道四，這形容太貼切了。天知道我當時怎麼會這麼窩囊。

妳當時看著我像瘋子一樣潑婦罵街，就說妳要走了。那時的妳是怎麼想的呢？也許我倆的關係在那一刻就結束了吧。當時的我還繼續罵個不停，等到妳離開，聽到玄關門被關上的聲音後我才閉嘴，因為眼淚突然奪眶而出，我再也說不出話來了。我記得我就那樣失魂落魄地哭了好一會兒。想著我已經失去的、未來還得喪失的，我覺得我的人生好可憐，好像就要永無止境地墜落下去了。

只是那時的我想不到，在我即將失去、最重要的事物之中，也包含了妳。是啊，當時的我真是一點都沒辦法想到

她寫到這裡，又把信讀了一遍。她一而再、再而三，讀了一遍又一遍，直到她承認寫在信中的是喋喋不休的自我欺瞞為止。

她是想讓周賢回心轉意，還是想向周賢道歉？不，她曉得自己想說的都不是這些。她是想為當時的自己辯護，想爭辯說當時會這麼做也是有不得已的苦衷。所以這封信又再次失敗了。

深夜時分，她在丟棄信件後回來的散步路上，在貨車四周踱來踱去，那是結頭菜主要

逗留的地方。上次她將從女孩那裡拿到的肉泥條給了結頭菜之後，又多買了幾個相同的東西，現在她的口袋中有三條成分和口味不同的肉泥條。

在此之前，她從未對動物感興趣過。

她有很長一段時間的身分是位能幹的諮商心理師，當她還是諮商心理師時，她要打交道的對象就只有人。那時的她相信，人們感受到的情緒和支配人的心情是可以控制自如的，而這個信念使她在面對受情緒和心情左右的人時，經常給予對方信心十足的建言。在她的人生中，動植物這種人類以外的東西，毫無立足之地。她的生活僅充斥著人性化的東西，是徹頭徹尾人性化的生活。不對，那樣的生活，真的適合稱為人性化的生活嗎？

她抓住蔓延的思緒，環顧四周，又花了好半天後才找到結頭菜。原來牠不在違停的車子下，而是坐在一道能俯瞰車子的牆上。

這時她才知道，牠的臉只有一個拳頭大，粉紅色鼻子小巧可愛，耳朵相對較大又尖，鋒利的指甲藏在小腳掌中。牠身上橘黃色的毛從額頭為起點，像畫地圖一樣經過背後，纏繞住整條尾巴。

不只這些，她還在了解更多關於結頭菜的事。

她從口袋裡掏出一條肉泥，小心翼翼地走近。結頭菜左顧右盼，像是無法決定該逃跑還是留在原地。既然在苦惱，那就是正向的信號。即使她已經走得很近了，結頭菜仍然靜靜守在原地。

「要不要吃零食？你看，這是你喜歡的零食吧？」

她撕開肉泥條尾端，把肉泥擠在地上給牠。她覺得自己盡可能把身體往後退，只將兩隻手臂往前伸長的姿勢很搞笑。結頭菜後方突然出現一個圓滾滾的身影，是另一隻貓，一隻全身上下覆蓋著黑毛的小黑。她又掏出一條肉泥條，小黑絲毫不疑有他，走過來狼吞虎嚥吃得一乾二淨，然後抬頭仰視她，「喵」地叫了一聲。

「還要嗎？」

小黑沒有戒心，相較於結頭菜，牠看起來更天真、單純。天真和單純對於這個必須在街頭生存的小生命來說是有益，還是有害？這兩隻貓是朋友，是親人，還是什麼關係都不是呢？

她像是要趕走無用的想法，又拿出一條肉泥條。小黑再次急急忙忙地把它吃得一乾二淨。結頭菜則在後面幾步遠的地方靜靜注視著她和小黑。以一種姿態和眼神暗示她，只要她稍有異常的舉動，就會馬上對她施以懲戒，絕不容許任何一點失誤。

小黑伸出小小的粉紅色舌頭走近她，他們之間的距離近到只要她伸出手，就能撫摸牠的頭。接著在一眨眼間，結頭菜出面阻止了小黑。任誰看了都知道，那是一個明確的制止動作，不對，說不定那是她的錯覺。結頭菜像在告誡小黑般地叫了幾聲後，就越過圍牆消失了。小黑望了她一眼，也尾隨結頭菜離去。

她沒有直接回家，而是沿著牆又走了一會兒。

她在這一區住了三年了。

「幾年後，這裡也會成為不錯的住宅區。雖然現在大多是老屋，但那一區多了很多重建的房子。等著瞧吧，這一區也會慢慢變成那樣的。」

三年前，她第一次來這一區找房子時，帶她看房的房仲業者這樣告訴她。房仲業者是位中年男子，給人的第一印象還不差。相較於陳舊的外觀，辦公室內部整理得乾淨俐落；盆栽裡的每一片葉子都泛出光澤；男子和看起來像是妻子的女人談話時沉穩的嗓音；連兩個人保持沉默，像在暗示會給自己思考時間的那個從容，這些她全都記得。

她甚至連寫有「蔚藍公認仲介事務所」的名片都無法丟掉，而她丟不掉的，還有其他東西。

那時候在她的身邊有泰柱。當時，泰柱在各方面都被認為不如她，有很多不足；而現在，泰柱是她再也無法挽回、也許是最完美的配偶。她和泰柱一起繞了繞這一區，最後買下了這棟房子。單層的平房雖然老舊但很堅固，而且因為結構簡單，要翻修似乎也不困難；最令她滿意的是，這裡有個寬敞的院子。

他倆本來計畫在這裡重新蓋一棟房子，將難看的院子改造成庭園，讓它看起來像有那麼一回事。也想過把圍牆打掉，在院子裡鋪上草坪，然後在院子的一側增建一座車庫，另外設置一個小巧玲瓏的路燈。其他像是高及至腰的木製大門、低矮的圍牆和屋頂露臺也打算自己設計。至少在關於房子這件事上，兩個人把所有事情都想過了一輪。

對兩人而言，他們有信心將這棟老屋和幾乎是被拋棄的院子改頭換面，也有能力和力氣做到。但為何房子至今依舊是老樣子，沒有一點變化？是因為她總是以忙碌為藉口，不斷拖延工程？還是因為她太有自信，認為只要下定決心，任何時候都可以執行？又或者是因為一個意想不到的悲劇降臨在她身上？可以說那個悲劇來得太突然嗎？

她到最後都丟不掉的，也許是原本能和泰柱一起創造的未來。不，當時她所盼望的未來中真的有泰柱嗎？難道不是因為泰柱對她來說太理所當然也太熟悉，以至於她老早就忘記了他的存在，認為泰柱不過是個受惠者，在自己的開拓之下，得以享受富足的未來嗎？

她想到此，就拿起筆隨便寫了起來。圓圓、長長、尖尖的圖案凌亂地出現在雪白的信紙上，總之是讀不出來的字。她沒有信心用話語轉達給泰柱，那是不可能的。在這種由左至右，井然有序展開的方正格式下，她什麼也說不出來。

只要想到泰柱，她總會迷失在記憶中。這個人只有入口，沒有出口。他們的關係，只要一踏進去，就繞不出來。而如今她甚至無法猜測，對泰柱而言，自己曾是什麼樣的人？她既不能問，也無法確認了。

一股無力的絕望感慢慢下沉。

她急急忙忙的做好外出準備，從家裡走出來。但她沒有走向公園，而是往反方向的巷子走。這一邊不是她喜歡的方向，因為往公園方向的路會越走越寬、越走越亮，而比起那條路，這條路會越走越窄、越走越暗，令她聯想起廢墟。不對，廢墟也許只是一個在她心裡不斷滋長的東西。

她回頭望向自己的家，房子介於明亮寬闊的道路和又暗又窄的小路之間，以一種既無法屬於這一邊，也無法屬於那一邊的狀態，成了相反的兩個世界的分界。她跟著浮現的記憶信步而行，想起昔日那個相信任何記憶和任何情感都可以控制的自己。她越是想甩掉這個想法，想法就越是死纏著她。她切身感受著時間以這種方式無情的讓她體認到錯誤。

她走得更快了一點。為了尋找結頭菜的蹤影，她的目光在巷弄裡快速掃視了一番。遠處有個東西嗖地鑽進停在路邊的車子底下。

她朝車底探頭探腦，每當她彎下腰，血液就會湧向臉部，瞬間讓膝蓋內側開始痠痛。她現在可以在不驚動結頭菜的情況下朝牠靠近，口袋裡也有牠喜歡的零食，但就是不見牠的蹤影。看她這樣，經過巷弄的行人無不用好奇的眼光瞟她一眼。

這時她看到遠處電線桿下方，有一群孩子圍成一圈站在那裡，在他們之中，有一個熟悉的面孔忽隱忽現。

大大的斜肩背包和白色運動襪，綁成一束的頭髮和比同年齡小孩來得大的體型。是那個孩子，給她肉泥條的女孩。但現在女孩與之前判若兩人，感覺不到那天向她大聲搭話時的生氣和活力，而是整個人充滿消沉和猶豫之類的情緒。隨著孩子們的嗓音匯聚在一起，他們的聲音變成一片嘈雜的噪音。

她佇足在原地，觀察了那些孩子們一會兒。

曹敏英小姐：

好久不見了，妳過得好吧？

我想妳應該過得很忙，既要安排諮商，還要演講、參加學會，再加上接受各種專訪，這些事情林林總總加起來，想必妳應該忙到都不知道一天是怎麼過的吧。老實說我現在沒有心情跟妳說好話，請別誤會，但我也不想像以前那樣一一追究每件事。

我想知道的只有一件事。

就是那天開會決定我的去留時，妳在會議上說的那番話。當妳舉起手，示意要說些什麼時，如果說我沒有一點期待，那就是騙人的。至少在那之前，我認為自己和妳還滿親近的。

妳應該記得妳剛來的那幾個月，我為了協助妳處理公事，甚至還一起加班；每次妳大半夜傳簡訊、打電話來時，我都盡力回覆妳；而從事心理諮商已經第十五年的我，其實沒必要為了一個剛起步的諮商新手做到那種地步。妳記得吧，我甚至還有一次在某天晚上接到妳的呼叫後，就緊急跑過去，因為那天中心發生了一起大騷亂，我擔心妳會為那件事自責才跑去的。那天妳一副快哭的樣子，說自己沒資格當諮商心理師，是我一直安慰妳到清晨，這件事，我想妳應該也沒有忘記。就連我在代表面前是多麼袒護妳，我想妳應該也很清楚。

所以我想都沒想到會從妳的口中聽到那種話。妳拿我平時的工作方式做文章，說我對來訪者很敏感，才會在不知不覺中累積了那些不滿。儘管這是個無從得知是否屬實，而且又離題太遠的發言，但我確實聽到了。因為我認為如果這句話屬實，真的發生過那種事，就必須改正。

妳應該也記得，那天會議氣氛並不差。如果可以這麼說，我會說我能感受到當天在場的大家都很努力維持對我的友善。妳問我，是不是真的在真心反省、認真悔過，而我反問妳指的是關於哪方面的反省和悔過。我不得不這麼問，因為我分辨不出妳指的是工作，還是我被捲入的事件。

我從來沒有像妳所說的那樣，對來訪者很敏感，將他們的故事視為鴻毛，也從來沒有把來訪者的諮商內容洩漏給誰。如果我有過這種問題，那麼這麼長時間以來，也就不會有那麼多人來找我諮商了。

如果妳問的是關於我被捲入的事件，那麼這件事與妳無關。就算我需要反省什麼或悔過，那個對象也不會是妳。我沒有理由聽妳說那些話，妳也沒有資格問我那種問題。究竟妳為什麼會問那種問題？在那個大家都出席的會議場合上，妳突然說那種話的理由是什麼？

那天的事，我想了很久。

因為我想知道妳是為了什麼，有什麼意圖，而問了那個問題。但說實在的，我找不到答案。我從來沒有遭受過任何一個一起工作的同事那樣攻擊，我至今都

過了兩天後，她才有機會問女孩關於那天她目睹的情況。

「那天和妳一起站在電線桿前面的那些小孩，是妳的朋友嗎？」她問。

女孩回答：「可以這麼說吧。」

「妳的意思是他們不是朋友啊？」

「才不是。他們是朋友沒錯，本來是朋友沒錯。」

她原本主要在深夜執行的散步一點一點地提早，所以現在覺得四周一片明亮，不過也可能是因為白晝變長了。雖然瀰漫整個巷弄的晚霞消失了，但夜幕正緩慢前來。

「妳跟朋友，你們在那裡做什麼？」

她往女孩指示的方向轉身，再次接到一條窄了一個手掌寬的巷弄。

「只是在聊天而已。」

女孩低頭看著地面，緊跟著她。白天看到的女孩身材比同齡小孩大，考慮到她是三年級，又是女孩子，她的體格算滿大的。女孩的臉因為汗水而光光亮亮的，每次把書包換邊背時都會急促地呼吸，每當這時，女孩穿的黃色T恤就會一起一伏。

她縮小步幅，配合女孩的腳步。

她沒有說那天自己看到的情況並非只是單純的聊天，轉而開啟其他話題。她告訴女孩，幾天前結頭菜吃了她給的肉泥，而且還不是幫牠擠在紙上或樹葉上，是她用手擠出來後，結頭菜自己靠過來吃的。

「真的？是真的嗎？」

女孩變了一個表情，不再悶悶不樂，原本敏感的戒心也立刻轉變成好奇心。

「當然是真的，很神奇吧？」

她神色自若地繼續編造謊言。至少她看到結頭菜這件事是事實。然而不管她再怎麼晃動肉泥條，結頭菜就是不過來，只在適當的距離耐心地注視她，彷彿在說自己絕不會被飢餓打敗，不管幾次都能拒絕這種廉價的同情。

「原來你很固執啊。」

最後是她把肉泥擠在地上，往後退到很遠的地方後，結頭菜才慢慢過去舔食地上的肉泥。而且還不是埋頭狼吞虎嚥、吃得一乾二淨那種，而是往上凝視著她，明確示意要她別靠過來。那個模樣帶給她一種奇怪的感觸，甚至像是在間接教訓她，告訴她在飢餓和風骨兩個不能並存的價值中可以選擇更困難的一邊，而且是必須這麼做。

肉泥才吃到一半，結頭菜就匆忙地轉身消失了，因為突然出現一個人跺腳威脅牠。她回頭一看，一位穿紅色毛衣的女人喊叫著：「妳什麼都別給牠，只要給一次，牠就會一直來。」

是之前在這條巷子見過幾次的女人，每天早晚都會牽著一條珍島犬出來遛狗的那位。以她的家為基準，往公園那一邊的兩棟住宅都是空屋；往另一邊的住宅則常有新房客來來去去，這個女人一定是住在那裡的其中一戶。

「吼，我真的不能理解，要是覺得牠可憐，把牠帶回家養不就好了。真搞不懂為什麼要把這一帶的野貓都引來，還說什麼要餵牠們，結果留下一堆垃圾人就走了，到處都是包裝紙和塑膠袋。妳知道夏天的時候，這裡的蒼蠅有多猖獗嗎？就因為這裡有吃的，每天早上連鴿子都會飛來。到底大家為什麼要這樣？」

女人像在警告她般，劈哩啪啦的說了些刺耳的話後轉身就走。如她所料，女人離去時不是往公園的方向，而是往對向的巷弄離開。

而現在，她和女孩正一起往那個方向走。

「阿姨，那妳摸過結頭菜了嗎？妳還沒摸到吧？」

女孩在問這個問題時，腳步變得輕盈起來。

「當然沒有，不過好像很快就能摸到牠了。」

「真的嗎？少來，應該不行吧，牠真的都不給摸。」

兩人往巷子深處走去，一路上的景色雖然看似大同小異，還是稍微有一點變化。兩人走過一條獨棟住宅櫛比鱗次的巷弄後，又出現一條公寓密集的小巷；從那裡走出來後，就會看到幾棟零零星星、像臨時建築的房子；然後再走一段，一條平緩的上坡路就出現了。那裡既不是山，也不是小丘，而是個像荒地的地方。

「就是這裡。」

女孩奔向的地方是一片空地。空地上停了幾輛將報廢的車子，其中一邊有一個四方形的木箱，箱子裡有裝水和放飼料的碗。漂著落葉和灰塵的水像是一灘泥水，飼料也沒剩下幾顆。女孩把飼料倒進飼料碗裡，然後重新換了水。

她在後面幾步遠的地方呆呆注視著女孩的動作。要說這裡是吃飯的地方，環境看起來也未免太惡劣了，縱使不是那堆大批餓死的蟲子屍體和一片黑壓壓的螞蟻群，把這裡稱為充飢的場所也太荒涼了，要用來撫慰疲憊的身心，這個地方太糟糕了。

這又是出於自憐的情緒嗎？又想拿露宿街頭的小動物生活當藉口，同情自己的生活？她像要甩掉朝自己撲來的想法，提高了音量：

「結頭菜會來這麼遠的地方吃飯嗎？」

「應該是吧。聽說本來那邊下面還有一個吃飯的地方，但有人抗議，就清掉了。是那個來這裡餵貓的阿姨跟我說的。」

她回頭看剛才走來的那段路，估算著如果以人的步伐來說需要十五分鐘左右，那麼貓咪要走多久。

「應該沒那麼遠吧？結頭菜知道捷徑。而且貓咪都超小，動作又很敏捷啊。」

女孩起身，然後指向一個地方。一隻白貓站在遠處注視著兩人。白貓身後聳立著一棵高大的銀杏樹，才剛開始長出葉子的樹木看起來很強壯、健康。她的目光頃刻受到開展成扇形的綠意吸引。一股垂直湧上的力量，用全力綻放出來的樹葉。自己竟然想要從樹上發現痛苦的痕跡，連一棵再平凡不過的樹也不放過，她覺得這樣的自己真可悲，也有些噁心。

「小貓咪，要不要吃飯？這裡有飯喔！喵嗚，喵嗚。」

女孩用力晃動舉到頭上的飼料碗。這時又出現了更多隻貓，在牠們之中也包含看起來像是結頭菜的小傢伙。

「那邊，好像是結頭菜，對吧？」

她一問，女孩就馬上彎下腰來，眼睛瞇得細細的注視著前方，過了很久之後才回答。

「是結頭菜沒錯！結頭菜！哦，牠好像又受傷了，眼睛好像沒辦法完全睜開。在那邊，阿姨妳有看到吧？吼，牠又怎麼了，妳看那裡，牠的左眼下面紅紅的，看得到嗎？」

她也覺得結頭菜的狀態看起來不太好。她用一手遮住太陽，揮動另一隻手。結頭菜抬頭看她。在閃耀的陽光中，她和結頭菜對視。

一連幾天，她都盡量不去想結頭菜。

努力不去想牠無法完全張開、紅腫的眼睛，黏在鼻梁上的某個乾掉的黏稠物，以及抬著一隻前腳，一瘸一拐地行走的背影。但她越是這麼做，想法就越清晰。她不明白自己為何這麼在意那隻貓，只是單純覺得這個又小又柔弱的生命很可憐，還是因為自己對貓咪的痛苦過度投入感情，又或者是想從處在險境的貓咪身上得到安慰？她無法判斷。

真是沒完沒了的尋找意義。

「那對您來說有什麼意義嗎？」

這是在她還是諮商心理師時，最常說的一句話，只要向對方這麼提問，原本沒頭沒腦、只是把話一股腦說出來的來訪者就會住嘴，然後陷入沉思，之後吞吞吐吐地說出匆忙之下找出來的意義。就她來看，那都是些不確定也不明確的理由。不過她並不會說那些東西不重要，或是沒有特別的意義，而是問對方為什麼那麼想。以喚醒對方，使對方意識到那些所謂的意義，最終不過是自己創造出來的東西，並藉此提供幫助，讓他們能找到真正的意義。

但自己沒有創造出來的意義在哪裡？該如何區分真的意義和假的意義？尋找意義無異於是追逐假象，她已經不玩這個遊戲很久了。

最後，她下定決心要幫助結頭菜，這個決定沒有任何意義、理由，也沒有想要找出意義和理由的打算。但在她打定主意後，就再也沒有猶豫的理由了。

過了兩天後，她才有機會向女孩吐露自己的決心，因為和女孩見面完全是靠偶然。她無法得知要在哪裡、怎麼做才能見到女孩，只能在傍晚時於住家附近閒逛，期盼在路上碰到女孩的這個方法而已。

週三下午傍晚時分，她發現了和朋友走在一起的女孩，女孩背了好幾個花花綠綠的書包，走得稍微落後一點。儘管如此，只要有人招手，女孩就會趕緊抬頭，加快腳步。女孩的肢體動作很不自然，而且僵硬，有些畏畏縮縮的。

女孩的嗓音並未與其他孩子的嗓音摻雜在一起，當孩子們爆出笑聲，女孩會慢半拍跟著笑。女孩和孩子們之間多多少少存在著間隔，而那個間隔不斷地疏遠女孩。她遠遠跟在那群孩子後面，直到他們一個個離開，終於剩下女孩一個人時，她才佯裝偶遇，小心翼翼地打招呼。

兩人面對面站在一條日暮降臨的暗巷裡。

「救結頭菜？真的嗎？妳要帶牠去醫院嗎？」

女孩聽到她的決心，露出吃驚的表情，同時依然四處張望。她感覺女孩似乎很緊張，彷彿在擔心朋友們會出現的樣子，這意味著朋友對女孩來說並非自在且樂於見到的人物。她自然地引導女孩走進巷子深處後說：

「對，盡快幫牠治療不是比較好嗎？妳也看到了，牠的狀態很差。」

「那不就要抓結頭菜？」女孩背著大書包，一邊搧動被汗水淋濕的T恤，一邊回答。

女孩手中拿著一條巧克力棒，但女孩只是把玩，沒有撕開。巧克力棒不斷吸引女孩的注意力。

「當然要抓，妳知道怎麼抓嗎？」

「聽說貓要用誘捕籠抓，我也不太清楚，得問問餵飯的阿姨。」

「妳知道她的電話嗎？要去哪裡才能見到她？」

「我不知道，我也只見過她幾次，就在這附近。」

「她長什麼樣子？能大概說明一下嗎？」

「說明？嗯，她是一個阿姨，沒什麼特別的，真的就只是個阿姨。」

她的腦中浮現了一位常見的中年婦女形象，然後消失。

女孩雙眉緊鎖，盯著握在手中的巧克力棒說：「她的頭髮很長，然後會背一個這麼大的包包。問她問題的話，她會很兇的回答你，但她的人並不可怕。妳懂我的意思嗎？一開始可能會覺得她超可怕，但認識她之後就不會了。」

最終女孩像是再也忍不住一樣，把巧克力棒撕開後一口咬下。女孩的嘴角被巧克力沾得黑黑髒髒的。

她從口袋中掏出幾張衛生紙，說：「我不知道那個人的長相，所以希望妳跟我一起找，妳能幫我嗎？」

女孩誇張地點了點頭。

「妳餓嗎？要不要吃點東西？妳爸媽應該很擔心妳，先回家跟他們說一聲後再來比較好。妳家在哪？我陪妳一起去。」

「不用，沒關係，不用回家也可以。」女孩把剩下的巧克力棒全部塞進嘴裡，接著像是要打斷這個話題般說：「真的沒關係。阿姨，那現在要不要去牠們吃飯的地方看看？」

李漢成代表：

您好，我是林海秀，這段期間過得好嗎？

我從官網首頁得知中心內部已經整修完畢，新改版的首頁感覺也比上一版更明亮、簡潔，很好看。

我很抱歉因為我的私事搞得中心雞飛狗跳，讓中心蒙受損失。還有在中心工作的每一位同仁，我再次向他們表示歉意。

但除此之外，我還有一件事情無論如何都想問您。雖然我也很苦惱問這個問題是否合適，但在聽到任何解釋之前，我沒辦法就這樣算了。無論再怎麼努力，這個坎就是過不去。

曹敏英小姐在最後一場會議中問我的問題，任誰看都是不恰當的發言。從道義上來說，我對所有出席那場會議的人感到抱歉，不過她要求我為那個事件賠罪和懺悔，我認為不該由她來置喙。

那天會議並非臨時起意，而是按照程序正式召開。既然事前已經有公告，我想請問曹敏英小姐的發言是經過事前討論，還是單純出於她個人的判斷。同時我也想知道，曹敏英小姐那番發言對決定我的去留有多大的影響。

如您所知，我被通知離職，而我不知道當中經過了什麼樣的過程才得出這個決定。作為當事人，我認為要求公司對此給我一個說法很合理。我這麼做不是出於私人情感，更不是為了報什麼仇，希望您別誤會。

我在這間中心當諮商心理師超過十年，從中心開幕至今，一直以來我是如何工作的，我想您不會不清楚。您應該也很清楚我有多熱愛這間中心。如果這裡對我來說只是個普通的職場，那我根本就沒有理由、也沒必要提出這種請求。

我沒有要為難您的意思，也不是無理取鬧，我比以前任何時候都努力的設身處地為留在中心的人著想，同時我也在盡力讓自己接受無法從事這份工作的現狀。

中心一開始只有兩位諮商心理師，然後在十年內發展成現在這個規模，這個十年對我而言也是十分可貴的一段時光。倘若過去的歲月要這樣被全盤否定，那麼我未來可能就無法再從事這份工作了。為了避免走到那一步，我正在尋找理由，尋找具體的、準確的，我不得不離開公司的原因、真正的理由，我非得找出來才行。

尋找「阿姨」的搜查正式展開。雖然看起來像搜查，其實更接近遙遙無期的等待。

女孩的名字是黃世理。以一個十歲孩子來說，在某些地方有些老成，而且總覺得有消沉的一面。最特別的一點是，世理會拚命閃躲任何與學校、家庭和自己有關的話題。女孩基本上都在發問，只要對話停止就會露出不安的神情，這時只要她想問些什麼，女孩就會反射性的再次提高嗓音。

「阿姨，妳都不用工作嗎？為什麼白天也一直待在家裡？」

「因為我現在沒在工作。」

「可以不用工作？阿姨妳很有錢嗎？」

「雖然不是很有錢，但目前為止還過得下去。」

「要是錢都花光了怎麼辦？妳還可以重新工作嗎？還能再賺錢嗎？」

「當然可以啊。」

「妳做什麼工作？」

「我之前是諮商心理師。妳知道諮商心理師是做什麼的嗎？」

「哦，我知道，我們學校也有諮商老師。」
「是嗎？那妳一定很清楚囉。妳接受過諮商嗎？」
「有，兩次。」
世理回答到這裡後，就閉上了嘴。她原想再多問幾句，但女孩就像在防守一樣，又丟出新問題。
「阿姨，妳家在哪？」
「在那邊，剛才路過的一間紅磚房，記得嗎？」
「哦，我知道那裡，就在養珍島犬的那戶人家隔壁嘛。那個養珍島犬的阿姨真的很煩，動不動就大呼小叫、說貓咪怎樣怎樣的，有夠討厭。」
「妳說妳家是在那邊吧？這麼晚了，爸爸媽媽應該很擔心妳，是不是先回家告訴他們一聲再來比較好？要不要打電話或傳個簡訊給他們？」
「反正我手機也沒電了，沒關係，等一下快點回去就好。不過，阿姨妳幾歲啊？」
「妳覺得我看起來像幾歲？」
「我不知道，五十歲？五十九歲？我媽媽是四十兩歲[1]。」
「四十二歲嗎？妳媽媽比我小啊。不過這不代表我有五十歲喔。妳真的不用跟媽媽說嗎？她應該很擔心吧。妳放學後要去補習嗎？還是直接回家？」
「如果是要練躲避球的日子就去練習，沒有練習就回家。我媽媽不介意，沒關係。不過阿姨妳也有媽媽嗎？妳跟誰住？跟媽媽住嗎？」

「阿姨當然也有媽媽，但現在我一個人住。」

「真的嗎？我也超想自己一個人住，自己住不是很好嘛，想吃什麼就吃什麼，想睡多久就睡多久。每天都可以愛怎麼樣就怎麼樣，對不對？」

世理忙著用各式各樣的問題防衛自己。她則感到了一些樂趣，覺得向一個對自己一無所知的人說明自己的感覺並不差。在這種回答非常零碎的問題的方式中，她也看起來像個挺不錯的人一樣，和過著平凡生活的普通人沒什麼區別。

她和世理在住家附近繞了一圈之後，又再繞了更大一圈。

世理很快就發現幾隻貓咪靈活的穿梭在建築物和人車之間。牠們一聲不響，以看不見的速度在巷弄中忙碌地到處走動。為了避免引起人們注意，使盡渾身解數地行動。如果這是牠們學到的技巧，那麼貓咪們一直以來準是經歷到許多毛骨悚然、可怕難忘的經驗。對與錯、正義與不義、善與惡。與那種人性價值無關，必須學會的生存法則。以及不能提出異議，只能默默接受的規則。

她感到好殘酷。

究竟是什麼東西、對誰而言、有多少，覺得殘酷呢？她再次用力抓住那顆傾向自憐的

1 編按：此處為作者呈現小孩說話用錯詞。

心。

結頭菜沒有出現，也不見照顧那些街貓的女人。巷子越來越昏暗了。她確認時間後，決定把女孩送回家。在分手之前，她先帶世理去附近的便利超商。

女孩在放有優沛蕾和飲料的貨架前徘徊，然後將香腸、巧克力和五顏六色的袋裝零食全都摸一摸、看一看後，選了一個三明治，而且還是多次確認過貼在包裝紙背面的成分表和卡路里之後才選的。三明治裡只夾了蛋和美生菜，看起來不怎麼可口。她又拿來一盒牛奶、一顆蘋果和兩根巧克力棒，和三明治一起結帳。

從便利超商出來時，世理問：「阿姨，不過妳是好人嗎？」

女孩輕輕地晃動裝有牛奶、三明治、蘋果和巧克力棒的塑膠袋，仰望著她。

「不是，我不是好人。」

世理的臉上綻開微笑，她的回答似乎激起了女孩的好奇心。晚風吹來，女孩汗濕的瀏海被吹到後方，凸出的額頭可愛地露了出來。

世理問：「為什麼？為什麼這樣想呢？」

一群人走出便利超商，爆出一陣笑聲。她朝那裡看了一眼，然後再次和女孩對視。接著她突然翻了翻口袋，拿出折好的信給女孩看。

「因為我每天都像這樣寫道歉信給別人。」

她把信遞出去，世理俯視了好半天後才接過來。然而世理只是將折起來的信紙拿在手中擺弄，沒有打開。

「我爸爸說不能隨便把電話號碼告訴別人，但是我把我的電話給妳，因為我們要一起解救結頭菜。」

女孩將握在手中的東西全部放到地上，從書包裡拿出鉛筆，將自己的電話號碼寫在信紙上。

周賢：

妳過得好嗎？

我有段時間逃避妳的聯繫，希望妳能諒解。妳的母親還好嗎？健康是否有些起色呢？每當有事情發生，妳總是竭盡全力地幫助我，我對妳卻那麼不了解。

那時，要是我按照妳所說的去做，情況會和現在有所不同嗎？

當時網路上到處在流傳關於我的文章，妳是第一個告訴我這件事的人，不過我沒把它當一回事。妳也知道那時我忙得不可開交，忙到我連自己在哪裡見過誰、說過什麼話都不記得。我連自己曾經說過那種話都不知道，但即使知道後，我也不覺得那有什麼問題。

直到過了幾天，我才能準確地確定自己說的話，那是我在某個電視節目中說的話。

妳也知道嘛，電視節目是以什麼方式進行的。在拿到腳本前，我連有那個爭議都不知道，也沒想到那位演員有這麼多人關注。說真的，我連那位演員的名字都不清楚。

周賢，我當時累壞了。

不論是要聆聽來訪者那些鬼打牆的故事，還是在節目上一身整齊地坐在那，佯裝很有學養的樣子，對些無關緊要的事情高談闊論，又或者是我和泰柱之間不斷需要我去關心的關係，還有與希望我給予經濟資助的父母之間的爭執，這些都讓我受夠了。

再加上那天，說實在的，我從早上開始就很累。先是在巷子裡遇到停車糾紛，然後又在銀行停車場發生擦撞，還因為一件雞皮蒜毛的小事和泰柱鬥嘴，最後甚至吵了起來。印象中在去電視臺時，我一路上都在喃喃自語，說我好想就此消失不見。我還記得當下我想就這樣放棄一切，管它是工作還是節目什麼的。

那天我實在是太疲倦、太暈頭轉向了。我好想休息，當時的我就只有這個念頭而已。哪怕只有一天也好，到一個沒有人的地方。

她把世理送到家門口後回家，打開寫有女孩電話號碼的信紙，開始讀了起來。對她來說，這種事並不常見。她冷靜地隨著那些明明是自己挑選、排列，卻如此生硬的詞句讀下去。

在精疲力竭的空虛感當中，一股熾熱又尖銳的情緒重燃。這些情緒再次召集了一些可以稱之為言語的東西。她提起筆，以一股這次必定會把信寄出的決心，絕不會就這樣作廢的心態，把信接著再寫下去一些：

那天我在節目上的發言流傳了開來，我心想：「不過是對一位大家都知道名字和長相的知名演員的事說了幾句，還真是小題大作。」當時談論那位演員的人也不只我一個嘛。那些聯繫我，說要和我確認真假啦、此事是否屬實啦什麼的記者，也實在可笑。

那時候大家不都這樣講嘛，說問題是出在那個演員身上，說他那樣做人處事有問題。我哪知道在那裡補上這麼一句會成為這麼大的問題呢？我到底怎麼會知道這個轉頭就忘記的話會這樣緊緊攫住、最終打垮了我呢？

妳看過網路上流傳我的合成照嗎？就是那張我坐在馬桶上張著嘴、手舉過頭呈萬歲姿勢的照片。我的頭上有一個對話框，寫著：「各位，拜託你們關注我！」而且每次對話框動的時候，都能聽到水流的聲音。除了照片，還有一支我像金魚一樣嘴巴開開闔闔，還跳著舞的影片。就是把「瘋了，我真的瘋了」那種歌詞做成字幕在上面飄動，搭配鞭炮爆炸，表情變得很滑稽的那個。

當我看著這些影像，我先是啞口無言、苦笑了一下，隨後意識到一切都完了。如果是這種方式的攻擊，我還有什麼勝算呢？我越是正色地用理性字眼去追究對錯，只會顯得越可笑，而且還會生出更荒誕的影像來。

究竟是誰做出這種東西的？他們付出時間和精力，拚了命地嘲弄我的理由是什麼？我實在不敢相信，那些從我身上敏銳地揪出態度、語氣、禮貌、人格、信任、職業道德等諸多問題的人，要給我看的就只是這些東西？

周賢，妳能接受這種情況嗎？妳能理解大眾的這種公憤嗎？妳覺得發生這種不像話的情況是理所當然的嗎？妳認為對於大眾離譜的要求，要我道歉啊謝罪什麼的，我其實應該回應嗎？妳認為我應該閉眼、捂耳、緘口，只要順從人們期望的去做？

妳真的那樣想嗎？

然而那種事情並沒有發生。

她把筆放下，剛才用力握著筆的指尖有些發麻。她試著深呼吸，用這種方式安撫自己想要全力奔向某些單詞、某些句子的心情。因為目的不在於寫一封因無法控制的感情而變得斑駁的信，畢竟寫這種亂七八糟、寄不出去的信，不是她的目標。

她穿好衣服後走出家門，在堆在巷子一角的垃圾堆附近把信紙撕掉。她把信紙撕成一半，再撕成一半，直到信紙變成一張連一個字都讀不出來的紙屑為止，撕了又撕。這些字就和往常一樣，遠不足以打開對方的心房，若仔細觀察，就會發現其實這些字也沒有那個意思，因此被作廢也是應當的。

她有輕微的睡眠障礙。

在發生那個事件之前，她也不是很容易入睡，但至少不像現在這樣，在躺到床上前必須做好萬全準備，宛如上戰場的軍人。

「妳要睡覺，要努力讓自己睡著。」

當她身處於巨大的漩渦中時，大家都這樣建議她。但一句話造成的悲劇令她徹夜不眠，於是她不睡，反而把報導下面即時上傳的留言讀了一遍又一遍，並一再的搜尋人們在社群網站上匿名發洩的言論。她隨著那些言論帶領她漫無目的的漂流，迷失於其中。但她不在乎以這種方式喪失自我。她那時才明白，幾個詞、一句話就能刺痛一個人的心。那個時候，她每天晚上都會確認手機和電腦螢幕，就跟死了幾百次、幾千次沒什麼兩樣。

而現在每天晚上，她都會夢到當時死去的自己來找活著的自己。兩人在意識和睡眠之間那條淺薄的界線上會面。

叩叩。只要敲門聲響起，就會看到一間熟悉的諮商室正中間，有兩個人面對面坐著。奶油色的桌子和柔軟的布質椅。窗外可以看到的市景既不會太過繁忙，也不會太安靜。從這裡俯瞰的世界非常和平，每個人都在享受自己舒適、平靜的生活，彷彿這一切是如此理所當然。

「海秀小姐，妳在擔心什麼？」活著的她問。

「我擔心人們談論我。」死去的她回答。

「這讓妳很掛心嗎？」

「對。」

「妳擔心人們說妳什麼呢？」

「我擔心人們指責我、說我的不是。」

「妳有聽過嗎？妳可以告訴我，那些話具體是怎麼說的嗎？」

聽都沒聽過的小咖心理師還真是幹了件大事，是想紅想瘋了嗎？還是先從妳自己的精神狀態開始諮商吧。賠償之前找妳諮商的那些人的精神損失。還以為自己是什麼咖勒。用一句X話就讓人社死的諮商心理師。原來用諮商賺錢他媽的這麼容易啊。阿貓阿狗都可以當的諮商心理師。

她最先想到的是這些——情緒上的憤怒所發出的砲轟，以及尚只帶有情緒的字眼。沒多久，就增加了確切的場所、公司名稱和生動的經驗。

我曾經給她諮商過，那次經驗真的很糟，有點財迷心竅的感覺？ㄕㄦ市ㄐㄒ區ㄏㄋ

洞ㄌㄇㄢㄈ諮商心理中心。一ㄕ大學心理學系畢業，林海秀四十二歲，丈夫孫泰柱四十三歲。這對夫妻偶爾會來我們店裡，兩個人一樣討人厭～他們兩個就住在我家這一區，每天晚上她家的狗都會瘋了似地狂叫，但她一句道歉都沒有喔，這樣就懂了吧？海秀小姐，妳記得之前曾在ㄒㄗ洞的ㄇㄌ咖啡廳鄙視過工讀生吧？林海秀電話：010-XXXX-XXXX，孫泰柱電話：010-XXXX-XXXX。

眾多摻雜事實和謊言的資訊，刺激人們想像力的指控和灌輸信心的數字。而這些說詞連好不容易披上的一層薄到不能再薄的遲疑和猶豫都拋掉了。緊接在後的，是不分青紅皂白的人身攻擊，那裡不存在任何禮貌，也沒有一絲慈悲。

長相說明了一切，面相果然是科學。在諮商別人前先做好自我管理吧，看那個眼神就知道有鬼。看著這張臉還能諮商嗎？她很沒品、個性又糟這件事早就很出名了，垃圾就是要自己去回收。如果還有良心就安靜地消失吧。

然而，更令人恐懼的話還在後頭。

不是素未謀面的陌生人吐出來的話語，而是她樂於分享生活的這些人語帶保留的言辭。那些她一下就能讀出表情和眼神、和她非常親近的親友。在小心翼翼的表情背後，他們所隱藏的懷疑和遺憾，讓她很是痛苦。

頃刻之間，尖銳鋒利的話語將她團團包圍，死去的她和活著的她馬上被困在那些話之中，然後她就從夢中醒來了。她就那樣從一個亟需睡眠的世界被狠狠地扔出去，在這場戰爭中，她從未贏得勝利。

她遇見世理說的那個女人，是在兩天後的週六下午，而且是在貓咪們吃飯的空地附近。那時她正望著遠處隨風擺動的銀杏樹，甚至沒有察覺女人走過來。即使是在現在這一刻，銀杏樹看起來也像在茁壯地成長。含帶光澤的綠色正在凝聚周圍的景色，使四周變得明亮、清新。

「哦？阿姨來了！是那個阿姨。」

等到世理那樣大喊時，她才抬頭看那個女人。女人圍在脖子上的藍色絲巾隨風飄揚。女人發現世理，向世理揮手示意，於是世理跑向女人，兩人談著話。她則停下腳步，等兩人的交談結束。

「您要救結頭菜？」女人走過來問道。

女人和她所想像的樣子完全不同，比想像中年輕幹練、充滿活力。也許是因為女人一臉淡妝、身穿西裝的緣故，總之不是在聽到世理的說法時她所想像的形象。

「哦，您是不是住在那個……有養珍島犬的人家，那條巷子裡？我好像見過您幾次。」

她和世理，再加上女人，三個人尷尬地站著聊各式各樣的話題。對話從如何解救結頭菜開始，接到對流浪貓表示同情，最後發展到交換關於彼此的零星資訊。

她的話最先乾涸見底，不論是關於貓、關於這一區還是關於自己，她都再也無話可說。女人表示這一區還有其他照顧流浪貓的人，還說那些人在網路上闢了一個論壇空間，有一個群組聊天室。女人進一步告訴她們自己照顧的流浪貓以及牠們生活的區域，然後提到最近小貓的數量正在增加。很顯然地，春天是個誕生的季節，是母貓終於將懷在肚裡的小貓生下來的時期。

「我該怎麼稱呼您比較好呢？您叫我阿丸媽就可以了，雖然我在論壇上是叫阿丸。阿丸其實是我家貓咪的名字。」

「我叫林海秀。」

她這樣回答後，才想到自己其實沒必要非得公開真實姓名，立刻就後悔了。但她對於幫自己取綽號，且使用好幾個不同名字的文化不是很習慣。即便如此，現在這個行為的確太粗心大意了沒錯，至少有必要再更小心處事才是。她在心裡責備自己的疏忽。

「不過阿姨，妳今天要去哪裡嗎？妳今天超漂亮的！」女孩看著掛在女人手提包上的皮革鑰匙圈問道。每當女人移動時，小小的搪瓷機器人就會閃閃發光。

「真的嗎？阿姨很漂亮？」女人的表情立時開朗起來。

女人輪流看著她和世理，答道：「我今天去參加了朋友的婚禮，怕貓咪們肚子餓，還來不及換衣服就馬上跑來這裡，因為早上沒時間先來餵牠們就去了。」

她決定向女人借鐵製的誘捕籠，如此一來，應該也可以尋求一些建議和幫助。

在要分手的時候，女人問：「為了以防萬一，我醜話說在前頭。有很多人覺得牠們很可憐，沒有想太多就說要出手援救，那種人我看多了。但是救貓這種事不是說把牠帶去醫院就結束了，我們也不能確定牠是不是只有現在看得到的地方有問題，之後會發生多少問題真的很難說。即便如此您也能做嗎？真的可以負責到底嗎？」

負責、到底。女人吐出那種單詞，表情很認真。她看著女人想，這個女人是認出我了嗎？是聽到我的名字後，忽然想起我的什麼資訊了嗎？她是在回想我被捲入的那個事件的具體細節嗎？荒唐的好奇心霎時變成恐懼，彷彿從女人的口中下一句就會蹦出她永遠都不想聽的話。

她閃避女人的目光後回答：「是，我可以。」

援救結頭菜的工作正式展開。

翌日，她提著從阿丸媽那裡借來的誘捕籠在巷子裡等世理。但都過了放學時間，世理還是沒有來，她的腳步忍不住朝附近的小學方向走去。

白日高照，街道上春意綻放。由摩托車和腳踏車、人流與車流毫無秩序地穿梭所產生出來的活力在她眼前展開。那是過去一年來她不願面對、認為再也找不回來的風景。也就是在發生那個事件之前，她不曾留意也毫無興趣、平凡且微不足道的日常的一部分。

她站在一個可以看到學校正門的地方，路過的行人無不向拿著大型鐵製誘捕籠的她投以目光，放學的孩子們也帶著好奇的眼神往誘捕籠裡瞟了又瞟。但不管再怎麼等，世理都沒有出現。

她望向一片塵土飛揚的運動場，不斷地下定決心，花了很長一段時間才鼓起勇氣，提著誘捕籠往校門走去。

幾年前她曾來過這裡，那時是傍晚，和泰柱一起來的。當時這裡飄盪著號次一號、二號、三號，變化與改革、創新和溝通那種不著邊際的話語，為了在這個地方行使一票的權利，兩人在投票所前大排長龍的隊伍後面等待自己的順序。

那時把票投給了誰已經不記得了。總之，她的人生變了，不管選誰，她的人生應該都會有所改變。

「你要穿顏色亮一點的襯衫，比較適合你。肚子餓了吧？晚上要吃什麼？那個十字路口前面新開了一家壽司店，要不要去那裡？」

她想起自己對泰柱說的話，但她不記得泰柱怎麼回答了，連那天拿什麼當晚餐也想不起來。只有午後氤氳的陽光、潮濕悶熱的風，和越來越深的建築物影子這類的東西隱隱晃動。

她緩慢地走過單槓，同時為了回想起當初泰柱和自己聊了什麼而竭盡全力。她的意識不斷走向過去，然而在那裡面，自己打算尋找什麼、想要找到什麼，她並不清楚。

什麼都想不起來，什麼都不記得了。

她奮力抓住自己張望過去的意識，努力將精神再次帶回塵土飛揚的這個運動場上。她稍微加快步伐，孩子們嘰嘰喳喳跑過去的腳步聲和說話聲從她身旁經過。

在停車場的一角，有一群孩子站在那裡。

她在那群穿著體育服的孩子之中看到一個熟悉的面孔，是世理。世理兩隻手臂抱著球，頭低低的靠牆站著。在孩子們一陣像是騷動的聲音中，一個人的嗓音愈發清晰，是一個音調很高、發音很標準的女孩嗓音。

「喂，黃肥豬，都妳害的啦！都是妳不好好做，我們才會變成這樣。妳都不練習的嗎？」

一陣輕浮的笑聲響起。

「對不起，以後我會再多加練習，下次我會改進，我會做得更好的。」

那個含糊的嗓音顯然是世理，聽得不是很清楚。遠處一輛轎車揚起一陣塵土，駛出運動場。

「妳要怎麼做？要怎麼做好？上次妳也說會改進，到底什麼時候才能做好？」

「對不起。」

「妳以為道歉就沒事啦？哪這麼簡單啊？」

一個孩子推了下世理的肩膀，世理怯生生地退了下去。就這些了。她再觀望了一下後，就移動到孩子們看不見的位置，那裡雖然看不到，但能聽見聲音。熱氣漸消的午後運動場填滿她的視線。

一個孩子走了，然後又走了兩、三個，一直到連最後一個孩子都離開，世理還是沒有出現。她注視著停車場角落許久之後，才看到世理幾乎是拖著手提袋走了過來。世理的頭髮滑下來遮住了半邊臉，還有一隻腳的襪子掉到了腳踝以下、背在肩上的書包開了一半，大概連自己是什麼表情都不知道，就這樣踢著小石頭往前走。

女孩低著頭的背影經過她。

「世理，世理。」

她呼喚世理，女孩停下腳步回頭。她揮揮手向女孩打招呼。令人驚訝的是，女孩面無表情的臉上隱約浮現出高興的神色。

周賢：

雖然這次可能也無法寄出這封信，但我還是寫了。

我最近常帶著誘捕籠去抓貓。有一隻貓我見過幾次，牠的狀態很不好，我就在誘捕籠裡面放飼料，然後等，等到那隻貓進去籠子裡面為止。嗯，與其說是抓，用等待這個詞語更正確一點。

妳相信嗎？我竟然在做這種事。

看到的人說不定會想：「哇，居然還有心思去關心流浪貓，看來現在過得很好喔。」搞不好還會挖苦說：「這就是為什麼討厭的人總是能厚顏無恥地過好日子。」也是，就像妳說的，人們怎麼想不重要。雖然我腦袋裡是知道的，但那種想法還是揮之不去，想也知道這一定是我的問題。

昨天我把妳寫給我的信拿出來重新讀了好幾次。信裡的內容還是那樣，但不曉得為什麼我每次讀，心情總會不同。不曉得為什麼會不斷發現第一次讀的時候沒能理解的東西。

我好像從來沒有好好跟妳說過一聲謝謝，我以為我隨時都可以做卻不知道因為這樣，錯失了多少東西。

「在這裡要這樣躲開，別隊的人把球丟過來的時候，我應該要這樣躲開的，但是我被球打中了，所以就輸了，我是說我們這一隊。但其實我沒有被球打到，他這樣丟球，所以我這樣躲開了。我明明沒有被打到，可是其他人一直說有，我才出去的。球只有從旁邊經過而已，可是他們還是一直說他們看得一清二楚，說我被打到就是死了，叫我出去，所以我才出去的。」

女孩不停移動身體，努力試圖說明當時的狀況。她頻頻點頭，但她並沒有完全理解女孩的話，而且也不是完全專心在聽。

「還是先治療傷口比較好，要不要我帶妳回家？先回家一趟再來？」她等女孩說完後這樣問。

女孩低頭看了看自己破皮後血液乾掉的膝蓋，然後將黏在傷口附近的沙子拍掉。

「沒關係，之後回家再洗就好了，現在可以不用回去。」

她放下誘捕籠，在女孩面前蹲下，仔細檢查女孩受傷的膝蓋。膝蓋上有一道很深的擦傷，因為血和沙子，剝落的皮膚傷口看起來很糟。

「阿姨覺得還是先沖洗一下，消毒擦藥比較好。要是妳不想回家，要不要來阿姨家一下再走？」

就這樣，兩人前往她的住處。

她打開大門後，穿過院子打開玄關門，她身後的女孩看起來有些緊張。

「妳要進來還是在這裡等？看妳想怎麼做都可以。」

女孩雖然有些遲疑，但並沒有考慮太久。重新調整了一下背包之後，女孩便率先走進去。她讓玄關門開著，一起走進屋裡。

「阿姨，不過啊，妳剛才是什麼時候來學校的？妳看到我和同學們在一起了嗎？」坐在沙發上的世理問。

女孩的嗓音在寧靜的家中響起，長期以來她在家中必須獨自忍受的寂寥變得格外明顯。

「妳和同學們在一起嗎？阿姨沒有看到耶。我原本打算在巷子裡等妳的，但因為妳一直不來，我才走到學校看看。」她一邊說一邊幫女孩的膝蓋消毒，假裝不知道女孩明顯忐忑的心。

畢竟她曾是諮商心理師，只要是關於人類的心理，她就是專家。然而她很清楚知道，自己從女孩身上感受到的這種情感並非來自於分析和診斷。現在她所理解的，是女孩的心本身，是她在女孩的心裡發現了自己破碎的內心嗎？

傷口碰到消毒藥水後，冒出了白色泡沫。世理皺起眉頭。

「怎麼會傷成這樣，妳跌倒了嗎？」

她用棉花棒塗上一層薄薄的藥膏後，小心地貼上ＯＫ繃。女孩的膝蓋一縮一縮的。

「就練習到一半受傷的。」

「躲避球每天都要練習嗎？」

「最近幾乎每天練，因為秋天有一個比賽，可是我打得不好，還要再多練習。」

「那是全部都要參加嗎？我的意思是，全校同學都要打躲避球嗎？」

「不是，本來我不是躲避球隊的，因為有一個人轉學了，我才代替她進去。那個人叫全恩斌，她本來跟我很好，但現在她轉學了，見不到了。」

「原來如此，妳是代替恩斌進去的啊。妳是因為想打躲避球，才自告奮勇說要進去的，還是有人叫妳進去？如果妳覺得很辛苦，是不是可以說不想打了呢？」

女孩的膝蓋似乎會留疤。她用濕毛巾仔細地擦拭傷口周圍的沙粒和血跡。

「不會，我喜歡打躲避球，而且打躲避球也不會很累。我覺得很好玩，只是打躲避球沒關係。」世理只是這麼說。

她沒有再問下去。兩個人又在屋裡待了一會兒，她倒了一杯蘋果汁給女孩，然後靜靜看著世理環顧屋內。當她像是說沒關係地點點頭後，女孩就站起來開始認真環顧屋子。女孩在小心翼翼和好奇心、彆扭和緊張感之間移動腳步，表情越來越認真。

她想：現在那個孩子眼裡看到的是什麼？孩子會在這間屋子裡發現什麼？會是每晚綑綁著她的怨恨和憤懣，近乎虐待的自我貶低和自我否定嗎？還是她每天都在展開可怕的戰爭、搞得烏煙瘴氣的內心？又或是最終屈服於這一切的一個人的臉？不對，搞不好是她從未留意、也沒有察覺到的某個東西。

「阿姨，我可以進去這個房間看看嗎？」

「阿姨，那是什麼？」

「我可以把這個打開嗎？可以試用一次嗎？」

女孩的聲音充滿活力。她不加干涉，讓世理做任何想做的事。

「我們班上有一個人叫宋河銀，她是我一年級時的朋友。那時候我去河銀家看過和這個很像的東西，我可以轉轉看嗎？」

最後女孩發現的東西是放在客廳層板上的水晶球音樂盒。她答應後，世理就小心翼翼地轉動發條。這是很久以前她和泰柱一起去旅行時買回來的紀念品。女孩將發條轉到底後，音樂盒便傳出輕快的旋律。音樂盒的聲音清脆又乾淨，教人難以相信它已經被棄置了很長一段時間。

「阿姨，那個是什麼？」女孩又問。

女孩指的是擺在層板上的青銅獎牌，獎牌只有一個手掌大小，而且陰刻的文字比獎牌小得多，但女孩還是踮起腳尖，使勁地伸長脖子，把刻在獎牌上的文字結結巴巴地念了出來。

女孩用驚訝的眼神回頭看她，「哇，這是阿姨得的獎嗎？」還沒等她回答，女孩又說：「林海秀，林海秀是阿姨的名字嗎？」

女孩在原地咚咚地往上跳，以便能看清楚獎牌。

她倏忽想起幾年前得到這個獎的時候，當時感受到的興奮和喜悅已不復存在。對於那天、還有受獎，她再也無話可說了。

「不過阿姨，妳的名字還滿好聽的。妳知道我的名字是誰幫我取的嗎？聽說是外公幫我取的，而且還是外公想了很久之後才取的。」

「原來是外公幫妳取了一個這麼好聽的名字。」

聽到她這樣說，女孩便淘氣地皺眉反駁。

「只要我講這件事，大人都會這樣說。不誇張，真的都講一模一樣的話。」

世理雖然這樣回答，臉上卻露出愉快的笑容。

幾天過去了，還是沒有抓到結頭菜。

有一天，反而是一隻莫名其妙的棕色貓咪在誘捕籠裡若無其事地吃著罐頭；還有一天，是幾隻鴿子幾乎把籠子包圍了起來；也有大批螞蟻和蒼蠅遍布在飼料桶上，黑壓壓的一大片。

她也不是都沒看到結頭菜，還遇到了好幾次。

有幾天晚上，她也會靜靜看著結頭菜在誘捕籠附近慢慢蹓躂，享受這份幸運。結頭菜帶著戒心在籠子周圍繞來繞去，毫不費力地就察覺她的意圖。之後還像在證明這一點似地將上半身放進籠子裡，仔細察看籠子結構後，再悄悄地撿起雞胸肉，從那個地方溜出來。

即便是在深夜，也明顯看得出來結頭菜的狀態一天比一天糟——牠的眼角腫脹，頭上的傷口沒有癒合，走起路來一拐一拐的。她卻只能從遠處注視著這個生命獨攬著劇烈又寧靜的痛苦。

某天晚上，發生了一隻體型較大的貓擋在結頭菜面前的事件。那時結頭菜剛拿走零食，正要從籠子裡溜出來，兩隻貓就在路邊的汽車和誘捕籠之間小小的窄縫相遇了。牠們先是用低沉的咆哮警告對方，接著豎起毛髮，互相怒視、對峙。即使是在這種緊張得令人喘不過氣的情況下，結頭菜還是沒有退縮。這個小生命忠實地遵循自己領悟到的生存法則，不違反本能要牠生存下來的命令。

先發出攻擊的是結頭菜。

簡短尖厲的叫聲在空中碰撞後，帶有威脅性的動作糾纏在一起。她跟在來回翻騰後迅速移動的兩隻貓後面。一邊盯著停在路邊的車子底下，一邊經過堆滿垃圾袋的電線桿，甚至明知自己差點就要被駛過來的摩托車給撞上，還是跑到了圍牆盡頭的那一端。

先轉身離開的，是體型較大的那隻貓。

結頭菜則一直守在原地，直到完全看不見那隻貓為止。結頭菜抬頭看看她，接著在原地癱倒似地趴下，小小的身體急促地一起一伏，彷彿在大力喘氣。看著結頭菜像鏡子一樣反光的兩隻眼睛，無從得知那裡頭是恐懼還是安心。

說不定連自己面對的是生活還是死亡，還是既非生活也非死亡的某個東西也不知道。

不過牠又再次艱難地度過了難關，這點可以肯定。她從口袋拿出鮪魚罐頭，走近結頭菜。同時用表情和肢體動作，而非言語，努力傳達自己的心意：我不會攻擊你，不會傷害你。

結頭菜屏息凝氣地注意她的動作，瘦小的身軀在不時駛過的汽車和摩托車的燈光下短暫地顯露出來。過了好一會兒，結頭菜才起身慢慢走過來，開始吃她放在那裡的東西。牠每次咀嚼都會把臉扭向一側，感覺很痛苦，而且一邊吃還不停張望四周。

「活著真的很辛苦吧。」

她勉強壓抑住想就這樣脫口而出的話，又幫牠盛了一些罐頭。結頭菜聞了聞罐頭的味道，盡最大的努力試圖把它吞下去。到後來她們的距離變得很近，近到只要伸手就能碰到鼻子。她和結頭菜經常目光交會。

在某一瞬間，她意識到自己和這個小生命之間產生了某種細微的親密感。人和動物，語言發揮不了自身力量的關係。她們的關係只許給予食物或是喝的東西，僅允許最低限度的行為。儘管處在對彼此一無所知的難關中，她還是感覺到自己的真心傳到了結頭菜身上。不對，那也許是一種奇怪的確信，一種荒謬的願望。

結頭菜抬頭看她，叫了一聲。

那個聲音比較像是幾乎沒有發出聲響的嘆息。她稍微把上半身放低，使自己看起來不具威脅性，讓結頭菜不要被嚇到，然後眨了眨眼睛，往後退了三、四步。結頭菜慢慢舔完剩下的食物後，面無表情的又抬頭看了她一次，然後轉身離開。她將此視為道別，但不是永遠劃清界線的那種，而是理解為下次再見的約定。她沒有再跟著結頭菜，只是呆呆地注視著那個小生命漸漸遠去的背影。

賭上一切的戰鬥，有可能失去一切的交鋒，為守護卑微渺小的自己的戰役。

所以那天晚上，她目擊到的是什麼？結頭菜展現給她看的又是什麼？不對，她原本打算從結頭菜身上看到的，是什麼？

李盛木記者：

您好，我是林海秀。

您應該記得我的名字吧。

「諮商心理師的發言將一個人逼入絕境，這樣沒有問題嗎？」

即便是現在，我也還記得您寫關於我的那個報導時所下的標題。有些記憶絕不會被忘記，到死也忘不了的這個事實讓我感到可怕。老實說，我到現在還無法讀完那篇報導，雖然我試過幾次，但還是無法。

當然在我的內心應該也有這樣的心情——想要逃避我犯的錯、感到羞恥、無地自容。但就如同人們所想的那樣，這並非全部。因為我並不像報導裡所寫的，用言語當武器將一個人逼向死亡，這些都不是事實。

我想問，您怎麼能憑推測就寫下那麼多人會看的報導？怎麼能在沒有和我這個當事人確認事實的情況下，就刊出那種報導？

反正事情已經發生，而發生的事也無法挽回了。總之這件事需要一些時間，等時間過去，真相就一定會大白。有一段時間，我試圖依靠人們常說的那些建議，除了律師具體提出各種法律上的應對方案之外，我確實也認為自己需要承擔部分責任。

然而我得出的結論是再也不能這樣，只是坐視不管。

待下週準備就緒，我預計將正式提出告訴，走法律程序。我打算追究您的責任，與您爭論是非對錯。在那篇報導出來後便出現大量內容大同小異的新聞，這點我想您應該不會不知情。關於此事的責任歸屬，我也會追究到底。

若您對此有什麼話想說

在確認完誘捕籠是空的後，她在回家的路上看到一群人站在便利超商前。

四、五個人正圍著一位坐在長椅上的女人，長椅上的女人低著頭，一動也不動，似乎在哭。

「真的太過分了，妳嚇到了吧？天啊，該有多驚嚇啊。妳先鎮靜下來，越是遇到這種事，就要越堅強。」一個女人的嗓音傳來。

「是養珍島犬的那戶吧？還是那家烤肉店的人？不對，這條巷子裡不是有一位很硬朗的老阿伯嗎？家裡堆了一堆破爛的那戶，是他嗎？」

隨著另一個人的嗓音加入，再加上其他人幫腔，說話聲變成人聲鼎沸的噪音。過了好一會兒，她才看出坐在長椅上的女人是阿丸媽——每天去銀杏樹空地餵貓咪吃飯，借她誘捕籠，還給了她各種建議的女人。她站在原地，拿不定主意是該打招呼，還是直接經過。

阿丸媽認出了遠遠站著的她。

「哎呀，您好。我還正好奇呢，結頭菜怎麼樣了？救到了嗎？」

阿丸媽反射性的起身走向她，一邊用雙手擦拭眼角。那個模樣比之前見到的感覺更加沉穩，看起來也有些疲憊。

「我還沒抓到牠，牠不願意進去。」

眾人的目光投向她，她努力壓抑著想直接轉身就走的念頭。

「哦，原來您是那位說要救起司貓的人啊。我聽阿丸媽說了，是那隻已經結紮的貓吧？沒錯的話，牠之前曾被誘捕過一次，應該是不太會再進去了。牠們有夠聰明的。」

「如果是說這條巷子的起司，牠不是還很小嗎？應該還沒做過結紮手術吧？」

大家紛紛向她搭話，她卻像忘了該如何說話，腦袋一片空白。她認為自己已經忘了交談的方法。她想起這段記憶：

她以前和泰柱常去一間中餐廳，那裡的經理和他們夫婦關係很好，不但會問候近況，還會輕鬆地互開玩笑。

有一天用完餐，她站在櫃檯前，那個人說：「林老師，如果我拜託您近期不要來我們店裡用餐，會太失禮嗎？」

她一下子沒有會意過來那句話是什麼意思，瞬間還以為是餐廳要進行裝潢或是放長假之類的，是泰柱幫她指出了關鍵。

「什麼叫拜託我們不要來？這是哪門子拜託啊？你這什麼意思？是叫我們以後都不要來嗎？」站在她身後的泰柱回問，語氣很不悅。

那個人看了看用餐的客人，壓低嗓音說：「因為偶爾會有客人在這裡拍照後把相片上傳到社群網站，我們雖然都有禁止，但擋不了全部。萬一您在我們餐廳的照片被上傳到網路上，我們也很為難。」

她沒有質問對方是不是忘了過去三年來，自己每個月都會來這間店用餐三、四次，還會不時在這裡預約聚餐，而且每次來，對方都會向自己笑盈盈的熱情打招呼。她反而用力抓緊泰柱的手，不讓泰柱繼續說出類似的話。

「我知道了，謝謝你直接告訴我。」她接過收據和信用卡後說。

她是真心的，也就是她已經對人厭煩到說出這種話的程度了。在一群假裝若無其事的人之中，看著他們尷尬至極、誇張的演技，不斷想像人們吐出的話是否別有用意。對於這樣的自己，她快要厭煩到極點。

還不如要求自己解釋、當自己的面指指點點、公開斥責。這樣的話，她至少還可以像常見的電影或小說主角那樣，囉哩囉嗦地講一堆不用想也知道的臺詞，至少還可以用那種方式抗議自己有多麼委屈和痛苦。

所以大家一定都心照不宣，像這樣躲在禮貌和修養後面，彷彿說好般地採取間接的態度，這才是讓她最痛苦的；而且他們肯定知道，這是他們所能施加最安全且最嚴厲的懲罰。

從那時候起，她就已經忘記如何與人交談了——不，或許就像泰柱所說，她是決心要把沉默當武器，拒絕對話。記得泰柱為了讓她開口，不斷安慰她、說服她。泰柱施以各種逼迫催促、竭盡所能的模樣浮現了一下，然後消失。

「牠結紮了嗎？因為牠還很小，所以我也沒有仔細看。話說回來，您把誘捕籠放在哪裡？牠餓了才會進去籠子，但這裡到處都有吃飯的地方，牠應該不會那麼餓。可是如果不給飯，其他貓咪就得餓肚子，真讓人頭痛啊。」

阿丸媽臉上露出稱得上是表情的表情，眼神又恢復到之前她見到的堅強和勇敢。

她默默不語，低頭看著地面，看到幾株小草從人行道地磚的狹縫中擠出來。她覺得試圖在眼前所見的一切事物身上發現痛苦的痕跡，哪怕只有一些也好的自己；為了尋求某種慰藉而徘徊的自己，變得很可怕。

「但牠有被慣壞嗎？沒有吧？那種貓咪獲救後問題才大，也不能把受傷的貓咪重新放回街頭。您救了牠之後，應該沒有要養的打算吧？」某個人問。

她回答：「我還沒想到那一步。」

接著阿丸媽像是想起了什麼，提起之前有一隻住在這條巷子裡的貓，吃了某個東西後出了問題。阿丸媽說，一定是有人故意餵貓吃不該吃的東西，說著臉色也變得很難看。阿丸媽先是作證表示去年夏天和秋天，有一群小貓慘遭集體殺害，接著又對網路上常出現的那些駭人聽聞的目擊證詞表示擔心，抱怨警察每次調查都毫無收穫，只是在做做樣子。

她不輕易搭腔，在一旁察言觀色的人迅速打消試圖尋求共識和同意的念頭。眾人之間瀰漫著沉重的靜默。

「牠應該也沒活到一年，您看，牠的塊頭和結頭菜很像吧？」

阿丸媽指著放在長椅旁的外出籠，長方形的外出籠裡癱著一個白色的身影，是一隻很瘦小的貓，身體就像一張被揉縐的報紙。

「牠死了嗎？」

她覺得自己像個笨蛋，竟然問這種問題。

「對，已經死了。我太晚發現了。真是的，不覺得太殘忍了嗎？真搞不懂牠們到底有什麼錯，竟然餵牠們吃老鼠藥。要是我再早點發現，還能帶牠去接受治療。這些人真的太過分了。」

她低頭看著貓咪動也不動的身影，陷入了震驚，甚至無暇感受悲傷或哀慟之類的情緒。

「那現在呢，怎麼辦？」

有人回答了她像在自言自語的提問：「當然是明天帶牠去殯儀館火化，好好送牠一程。」

「火化？動物也可以辦喪禮？」

她意識到自己對於這種事一無所知。過了半天，她才好不容易在無數浮現的愚蠢問題中又挑出一個問題。

「這種事經常發生嗎？」

那一刻，她想著結頭菜。

泰柱：

前幾天我在倉庫裡找到了你的日記本。

就是你小時候用鉛筆寫的日記，媽幫你用線把它們穿起來，綁成一本的那些日記本，我也不知道它們在那裡。雖然你說不管是什麼都直接拿去丟掉，但這個東西我想應該不能隨便扔掉，畢竟這是你童年的回憶，跟我沒關係嘛。而且這也是你很小的時候親手寫的紀錄。如果你想要的話，我可以寄給你。

還有一件事，就是你的大學畢業證書、委任狀和得獎證書也還在這裡。雖然可以重新申請補發，但畢竟這些是正本。要怎麼做才好呢？其實我也不知道這樣問適不適合，不過因為這些對你來說是很重要的東西，我覺得還是先問問你比較好。

你親自挑選、打磨的原木桌板也還在倉庫，工具組和鐵製支架也都還在。昨天我在院子裡找到了兩顆你很心愛的觀賞石，一顆是淺粉紅色，一顆是刻有波浪花紋的石頭，就是那兩顆。你是不是說這是從國外回來的某個人送給你的禮物，欸，還是說是你親自買的？其實我記不太得了。如果你想要，也可以一起寄給你。

你喜歡的相片、畫作和ＬＰ我也另外放進箱子裡了。之前曾經因為不想看到它們，就全都放進了箱子裡，結果就忘了。這些東西我也寄給你。

如果再找一下，應該還會有其他要還你的東西，像是衣服、鞋子這類的。

一有時間，我就

幾天後，她再次遇見阿丸媽。

「喂，妳到底是誰？」

這次阿丸媽站的地方也同樣位於騷亂的中心。兩個身材魁梧的女人和一個年長的男人正包圍著阿丸媽。

那裡是她每晚為了抓結頭菜而放置誘捕籠的地點，空蕩蕩的誘捕籠在眾人的雙腿間若隱若現。聰明的結頭菜永遠不可能進去的鐵製誘捕籠。她覺得這一切都是徒勞，如果要抓到結頭菜，就必須尋找其他方法，但現在，她沒有其他備案。

「我不是說了，有隻貓受傷了，我們要救牠。至少得有人幫牠治療吧。」

「我管妳要治療還是怎樣，不關我的事。我是問妳為什麼老是在這邊放吃的東西，把這一帶的貓都引來，聚集在這邊。」

「老人家，貓咪本來就住在這裡了，牠們在這裡出生，所以到死之前都住在這裡，不是我把牠們引過來的。」

「那個籠子裡那麼多吃的，不是妳把牠們聚集過來，不然是什麼？動物當然是往有食物的方向跑啊。」

「老人家，那只是陷阱，為了抓受傷的動物放的陷阱啦。」

「唉，我不想聽那些解釋，反正我不管，妳趕快把它清掉，要抓的話拿去妳自己家門口放。也不是放一天、兩天，一直放在這裡像話嗎？怎麼老是要人家講。」

「這裡也不是您家的門口，就只是一般道路，是大家都能走的路。」

阿丸媽毫不退讓，對方也是，雙方立場都很堅定，而且各有自己的道理。至於誰對誰錯，她不作評斷。

保留評斷。

她壓抑住想劃清界線，選邊站，支持某一方的念頭。從某方面來看，明確地選擇一個立場比不作選擇還要簡單，因為那種方式能快速展現出自己是什麼樣的人，因此很吸引人。只要和自己無關，就能對任何事件快速評斷，又再比那更迅速地撤回那個評斷，接著把這一切都扔到遺忘之中。這種事太簡單了。然而她沒有忘記，自己的生活就是因為那麼做而付出代價、陷入困境的。

「我真的不懂欸，妳幹嘛跑來別人的社區製造混亂。好啦，就算妳說喜歡動物是妳的自由，但為什麼連其他住戶都要跟著受害？妳倒是說說看啊。」

「我讓大家受什麼害了？」

「妳這人真的講不通耶，我說了這麼多，都聽到哪裡去了？當成耳邊風了嗎？」

眾人的嗓門越來越大。她終於走到發生騷亂的中心，開口道：

「籠子是我放的，不是這位小姐。等抓到貓我就馬上收走。」

眾人回頭看她。幾張熟悉的臉孔映入眼簾，是她平時來往於這條巷子時一定會碰上幾次的人。他們知道她的家、家人、職業，是能充分料到她之前享受的生活與現在的處境有所差距的人。

「對不起，以後我會只在晚上暫時放一下，然後一大早就把它清走。」

她又補充了一句。為了緩和他們的情緒，盡可能努力展現出禮貌、恭敬的姿態。

「我只會在這裡放幾個小時，您不用擔心。」

雖然眾人並未收起不滿的表情，但似乎也不打算再多說，彷彿他們想要的就是這種卑躬屈膝的模樣，顯示自己讓對方明白，只要是關於這個問題，都必須得到他們的同意。不，他們展現的，也許是對她常見的同情。

「您是住在那邊那一戶的吧？要是出了什麼問題，我們會馬上去找您，到時可別找藉口。」

眾人發著牢騷，各自鳥獸散。阿丸媽怒視那些人的背影，悶不吭聲。她默默收拾散落在旁、看起來分明是阿丸媽的物品。

「真無法理解那些人。這件事跟他們一點關係都沒有，幹嘛一直找碴啊，我真的不懂。」

「暫時會沒事的。」

她話才說完，阿丸媽就回答：「錯！那些人之後會變本加厲吧。又多了一個可以欺負的人，之後一定會輪流欺負我們。那些人喔，講不通啦。」

她本想用一種奇怪的方式自嘲，說自己已經習慣被欺負了，對於別人投來的嫌棄及憎惡，只要撐下去，就會培養出一定程度的耐力，禁得起打。但她壓抑了這股衝動。

「要這樣不斷跟人抬槓，不累嗎？還一直聽那些難聽話。」

「難聽話？和人爭執？那些一點都不重要，這件事攸關貓咪的生死，那些有什麼重要的。我不能這樣就撒手不管，看著牠們死掉啊。總是跑到我眼睛裡的事情，我怎麼能裝聾作啞，只過自己的日子？」

阿丸媽的嗓音裡帶有怒氣，她低頭看著阿丸媽布滿各種傷疤的手臂，不置一詞。一根佇立在巷子裡的路燈一閃一閃的，阿丸媽望著閃爍的路燈。

「老實說不累是騙人的，光是照顧牠們就累個半死了，連居民都要來刁難，確實是很厭倦沒錯。走到哪都要被討厭、聽那些不中聽的話，誰喜歡這樣啊。『做到這裡就好、真的不要再做了』我也常有這種念頭，但就是辦不到。我沒辦法為了不想聽那些難聽話，就讓貓咪們餓肚子，我真的做不到。」

阿丸媽用一種徵求同意的眼神和她對視，她只是點了點頭。正如阿丸媽所說，這條路並不屬於任何人，如果這條路是大家的，那麼那裡也就存在像貓和鴿子這種不是人類的其他生命的權利。每一個帶著生命誕生的事物都有其宿命，必須活出各自的生活，而這並非選擇題。

她不是不知道這一點。

她出門要帶的東西越來越多了：誘捕籠和飼料，燻雞肉和肉泥條，貓薄荷粉和噴霧，垃圾袋和拋棄式手套。有時候則因為要裝大帽簷遮陽帽和礦泉水，雨傘和防水布，濕紙巾和細繩等東西，甚至要拉一臺塑膠購物車。偶爾她會擔心自己一手提誘捕籠，一手拉購物車的模樣，會不會看起來就像大家說的那種「愛貓人士」。換作以前，假如沒發生那件事，她是絕對不會做這種事的。

因為她可能相信自己完美區分了自己能做什麼和不能做什麼，以及什麼該做、什麼不該做，她應是認為對自己需要專注的事和不需要專注的事情進行了明確的劃分。而如今她對任何事都沒有信心。從某方面來看，這讓她接受了一個事實——生活的主人不是自己，而是生活本身。

由於居民對誘捕籠的關注，她白天就到銀杏樹空地等結頭菜。結頭菜偶爾會露個面，牠的狀態依然很嚴重，一點好轉的跡象也沒有。

某天下午，她發現結頭菜和小黑在一起吃飼料。那時正在下雨，她撐著一把黑傘，蹲坐著看牠們兩個。雨滴落下，小沙粒彈起。每當風一吹，遠處銀杏樹的葉子就會歪向一邊，加大雨聲。

小黑即使把飼料吃到差不多了，也不離開，而是守在緩慢吞嚥飼料的結頭菜旁邊。小黑幫結頭菜舔舐牠的眼角，並用舌頭幫牠梳理一身凌亂的毛，彷彿在鼓勵牠再多吃一點、必須再多吃一些。

她到處挪動套著塑膠袋的誘捕籠的位置，然而已經吃飽的貓咪對籠子一點興趣也沒有。這種方法似乎毫無希望。

「嗨。」

她一揮手，小黑就先過來，結頭菜則小心翼翼地跟在後面。小黑抖動著身體把水甩掉，水花四濺，濺得她一邊的臉頰和下巴都是水。結頭菜看起來連甩一甩濕漉漉的身體的力氣都沒有，只在遠處像是無可奈何般地淋著雨。掛在結頭菜嘴角上的長長的口水，彷彿隨時都會滴落，偶爾會露出來一下的犬齒紅紅腫腫的，而那隻放不到地上的前腳則沾滿了泥土和灰塵。

任誰看了都知道結頭菜正深陷於痛苦之中，痛症與痛楚正緊攥著這個脆弱的生命。

「結頭菜，來這邊，過來。」

她伸出手，但挨過來的是小黑。小黑用一種天真的姿勢把黑鼻子貼近她的指尖，一隻前腳輕輕地撥弄她的手。小黑輕快地移動，身體又開始被雨淋濕。她點動手指，和小黑玩，但視線還是無法從結頭菜身上移開。

心好痛。

同情、憐憫，從弱小可憐的動物身上感受到、經常會陷入的情緒。她不知道自己感受到的情緒是什麼。自己難過的是結頭菜的痛苦，還是暴露在那種痛苦的生活？是忍受著痛苦至今的時光，還是因為將來不知道還會持續多久？她揣摩不透。

就連那是對結頭菜還是對自己，亦或是兩者都有也不清楚。

第二天，她去見阿丸媽。

她按照阿丸媽的指引，來到降下了鐵捲門的牛奶配送站，一抵達就看到阿丸媽從遠處走來。阿丸媽穿著一件寬鬆的洋裝，整個人像是剛睡醒，感覺很沒精神。阿丸媽帶來的東西是黃色的落罩式誘捕籠和長到手肘的厚手套。

阿丸媽帶來的東西不只這些。

「您知道重要的是什麼嗎？就是不放棄。大多數人在試過幾次後如果不成功，就會說這行不通、要放棄了。但我不那麼認為。只要不放棄，總有一天會抓到牠。」阿丸媽鼓勵她，彷彿希望她能從自己說的話中尋找一絲希望的跡象。

「會嗎？」她低頭看著黃色的落罩式誘捕籠，自言自語。

阿丸媽又說了一些自己做這件事七年多來得到的體悟。關於這件事如何改變自己的生活，還有自己因為這件事不得已被捲入的某個陷阱、騷亂和陰謀，以及做這件事有多無情等等。

「妳應該很辛苦吧，難道沒有想要放棄的時候嗎？」她問。

「那種時期已經過了，我現在不會那麼想，因為那沒有幫助。」阿丸媽手指著地上的落罩式誘捕籠，又說：「妳知道我用這個救了多少隻受傷的貓嗎？」

見她不發一語，阿丸媽便承諾她說，等順利救出結頭菜，就會告訴她確切的數字。阿丸媽似乎是努力想用那種方式為她灌輸堪稱是意志的東西。

她很好奇阿丸媽即使遭遇困難，卻還是繼續做這件事的理由；也想知道阿丸媽為何選擇每天面對流浪貓既不會好轉、也不會有所改變的悲痛生活；以及阿丸媽在那之中發現、領悟到的是什麼。

「沒什麼理由，哪需要理由呢？貓咪們會活著也不是因為有什麼理由啊，只是因為出生了所以才活下去的，我也是。」

阿丸媽像是在責備她不該沒完沒了地追逐意義，那樣回答完後就轉身走了。走之前還不忘留下一句，若是需要協助，隨時歡迎聯絡。

周漢娜小姐：

周小姐，近來好嗎？

聽說您聯絡了諮商心理中心好幾次。您應該也聽說了，我正在留職停薪中。至於我什麼時候可以回中心，什麼時候可以重新開始工作，目前還很難答覆您。若您願意，我可以要求中心介紹一位能幫助您的諮商心理師。至於您的個人紀錄，也可以轉交給下一位諮商心理師，如果您不希望那麼做，我也可以要求中心按照程序予以銷毀。

突然中斷諮商，我深感抱歉。

雖然我不知道這種話對您有沒有幫助，但我認為您一定可以好好克服這段時期。您所具備的長處具有強大的力量，這點我從來沒有懷疑過。儘管現在您說還不了解，但您是一個比自己所想的還要堅強、珍貴的人，希望您永遠不要忘記這一點。

我常常想起第一次諮商那天您問我的問題。與其說是問題，反而比較是明確的要求。像是要我別安慰您，做診斷就好，您不需要安慰，而是需要解決辦法，還要我當下立刻給您答案。所以看到您每週一點一滴地改變，這對我來說很驚訝也很高興。

如果有什麼是我可以幫忙的，請隨時與我聯絡。那段時間我也從您身上

時間還不到中午，母親就打來了。她猶豫了一會兒後才接起。母親是少數幾個不要求她回答的人，認為她只要聽就夠了。

「好，妳在哪？在家嗎？」

「上星期我和妳爸去了一趟麵包店的喪禮，妳還記得吧？就是市場那家鋤頭麵包。小時候常和妳玩在一起的延禹啊，他已經有三個孩子囉。他那天說著『本以為現在終於能盡孝了，沒想到父親卻走得那麼早』，然後抓著我一臉快哭的樣子。那孩子從小內心就很脆弱嘛。聽說延禹的爸爸是心臟病突發走的，那麼努力生活的人，走得也太匆忙了。」

她在玄關前的階梯上坐下，聽母親說。

整個冬天都乾枯荒涼的院子正在到處長出綠油油的小草，正濃的春意不知不覺間滲透到了院子裡。

「對了，我昨天看新聞說魚對身體不好，裡面不只含有重金屬，也很可能被輻射汙染，可以的話最好不要吃魚，吃魚以外的海產就好。妳在聽嗎？好啦，妳最近都做什麼吃？不要以為只有一餐就每天隨便吃，那是在糟蹋健康。健康最重要，失去健康就等於失去一切。就算一個人也要好好吃飯，再麻煩也要按時吃。妳有在聽我說嗎？」

「嗯，我在聽。」她簡短地回答。

她看到大門後面，住在隔壁的女人牽著珍島犬經過，送貨員推著堆有幾個箱子的推車走進巷弄裡，一輛外送機車隨著吵鬧的音樂一起騎出巷子。

「那就好。妳什麼時候要回來一趟？」

「嗯，好，我之後會回去一趟。」

她說著違心之言，讓母親放心。這是一種講不能講的話，聽不能聽的內容的溝通方式——尋找潛臺詞——她在母親的話語中找出母親不說的話，而母親則在她的沉默中尋找她不能說的話。兩個人以這種方式學習如何揣摩蘊含在彼此內心中的言語。她們現在很清楚，這樣做才是讓彼此不會受傷的方法。

當關於她的新聞開始鋪天蓋地時，母親打來問道：「海秀，妳發生什麼事了嗎？」

當時她聽不下任何話，任誰說的小小一句話都無法承受，她的內心已經有太多話語在翻湧，只要再加上一句就會馬上超出水位，氾濫成災。一旦她腦中的緊急按鈕被開啟，警示燈閃爍，警報聲嗡嗡作響，她就什麼也控制不了。

「只是出了點問題。」

「什麼問題？很嚴重嗎？妳爸一直想打給妳，都被我阻止了，我現在也是瞞著妳爸打的。我很擔心妳。妳有可以幫妳的人嗎？泰柱怎麼說？」

「我正在處理，不用擔心。」

「孩子啊，他們是不是誤會啦？是不是搞錯了，說了妳根本沒說過的話？我的天啊，聽說那個人死了，是真的嗎？大家都說他是自殺，沒搞錯嗎？我真是搞不清楚了，到底怎麼一回事？」

母親說的字字句句在她心裡燃起火焰。她把母親說的話視為柴火，焦慮再次猛烈地燃燒起來。熊熊烈火，滔滔駭浪。眾多無法承受的東西一下子占領了她的內心。

「妳不要看新聞，也不要上網，什麼都不要做。」

「別這樣，這個問題不是妳閉上眼睛就能消失的。如果那個人已經死了，不管是什麼，妳都去做。死者為大，妳贏不了的，妳沒辦法和死人作對。」

她感覺母親這樣說是在針對自己，甚至讓她覺得母親是在追問，她在節目中吐出的那句話是否其實帶有惡意，真的懷恨在心、打算殺死某人。她認為母親在責怪自己。

「孩子啊，海秀，是人都會犯錯，我有沒有說過，妳很小的時候妳爺爺經歷的事。一開始我們認為那沒什麼，最初真的沒什麼大不了的。但有一天，妳爺爺他……」

她打斷母親的話，反問：「媽，那只是一句誰都會說的話，就算不是我，說那種話的人也多到數不清。妳以為我知道事情會鬧這麼大嗎？我該怎麼做？要跟大家說我是故意的嗎？說我本來就打算要把那個人搞成那樣？還是要說這一切都是我害的？妳以為我真的想這樣嗎？妳認為人是我殺的？那個人是自殺，他是自我了結的。」

她用那種方式堵住了母親的嘴。

而現在，她在母親的話中感受不到任何判斷的跡象，母親再也不提那天的事。那不是迴避，也不是要以沉默來審判她。在母親的沉默中，沒有隱藏任何意圖。是母親的立場改變了嗎？是母親察覺到在她的內心當中，過失和過錯、清白和冤枉等那些她原本明確劃分的東西，界線正在變模糊嗎？

「女兒啊，海秀。天氣好的時候就出去多走走，多去看、去聽，什麼都好。不要怨天尤人，那太傻了，只有傻瓜才會做這種事。」

她應了聲好後掛上電話，然後像是下定了決心，穿好衣服走出家門。

運動場一角聚集著一群孩子。

孩子們三五成群地聚在一起，然後排隊站好，躲避球比賽似乎開始了。為了躲避飛來的球，孩子們快速地從這一邊移動到那一邊。黑色的腦袋瓜們不斷重複著迅速聚集到一個地方，然後又各自分散。每當球高高升起，孩子們的吶喊聲就會變大。

她的視線停留在孩子們爆發的生氣和活力中。

從遠處看，這是一段祥和的午後時光。然而比賽被中斷了，孩子們離開原地往一處集合，不一會兒就露出了真面目。

孩子們開始圍住球場四周，然後密密麻麻、幾乎是肩並肩地站成一排。接著一個孩子走進四方形球場內。從比同齡小孩還要大的體型、窄小的步伐，到不時往左邊低頭的習慣來看，是世理。

球場裡只有世理一人。

「開始囉！喂，我說開始了！」

一個人喊了之後，孩子們開始傳球。白球快速地從外場孩子的手移動到另一隻手，世理就這樣站在球場中央，球圍著她一圈圈地轉。世理的動作不時顯得僵硬不自然、也充滿恐懼。那些孩子在做什麼呢？這是他們研究出來的一種訓練嗎？但直覺告訴她並非如此。

瞬間，球衝進了球場裡。

「喂，黃世理！要躲啊！妳要把身體彎下來啊，妳不看球嗎？這樣不就死了。妳腦袋裝石頭喔？」一個人大喊。

球再次從外場傳到外場，但這次球速加快，形成了一個奇怪的節奏，一個會加劇緊張與焦慮的節奏。她意識到這就和把獵物逼到絕境，讓牠產生恐怖和畏懼的殘忍狩獵遊戲沒什麼兩樣。

但令她訝異的是另一件事。

若是從這裡看，世理的樣子就是個可憐的獵物。但女孩沒有猶豫不決、自暴自棄，屈服於眼前這個自己難以理解的情況，而是全神貫注，動作逐漸加上彈性。女孩先是盯著球，等球飛過來時就拚命閃躲，又是彎腰，又是用力跳躍，又是扭著身體拄地，有好幾次都差點要跌倒，卻還是沒有放棄。

女孩迅速地移動，球也跑得飛快。漸漸地，女孩和球都開始奮不顧身。

「喂，黃肥豬，妳要動得更快一點啊，妳在幹嘛？」

球打到世理的肩膀後彈了起來。

「接球，喂，要接住那顆球！」

球打到世理的大腿後又彈出去。

「欸，眼睛要睜開！閉上眼睛能看到球嗎？喂，我叫妳睜開眼睛！」

球打在世理的頭上、手上、腰上、腳尖上。球不斷地瞄準世理，不停撲上去。

任誰看了都心知肚明這不是一場公正的比賽，很明顯違反了運動精神，也就是說，這有可能是在新聞上看過的欺負或霸凌那類的。然而她並不貿然行動，她很清楚，板著一張嚴肅的大人臉孔闖進孩子的世界，和他們談論對錯，大聲地說些要和睦相處那種無關緊要的忠告，不是好的解決辦法，只會讓問題更嚴重而已。用局外人膚淺的聲音，無法在那群孩子的世界鑿出痕跡。

「不過阿姨，妳看到我打躲避球了嗎？」

孩子們都回家後，世理問，臉上露出疲累和羞愧。

她低頭看著地上的黃色誘捕籠，說：「我看了一下。這是昨天跟阿丸媽借的，今天用這個救救看吧。」

世理坐到階梯上，然後脫下運動鞋，把裡面的沙粒撣掉，動作既粗魯又生硬，像是在生氣。

「妳想說什麼，可以說啊。」她說。

女孩回答：「阿姨，以後請妳不要來學校，我們直接在那個空地見面比較好，就是貓咪們吃飯的地方。」

「好，就這樣吧。」

傍晚濃烈的陽光跟在兩人身後，在一片尷尬的沉默中，兩個人步向校門。到了校門口，她才能拋棄可以用話語安慰女孩的想法，她這才意識到，作為一名諮商心理師，自己堅定的信念實際上是如此虛弱。她對任何話都沒有信心了，預料不出自己說的話會以何種方式被曲解，也許那才是她早該領悟的，話語的本質。

她好不容易才說出一句：「妳肚子餓不餓？去那裡之前要不要先吃點東西？還是喝個飲料？」

女孩不發一語，一隻手臂晃動著手提袋。

她又說：「對不起，阿姨突然跑來。以後我會在那個空地等妳，不會來學校了。」

世理故作姿態地抬起頭，「說好了喔，不能爽約喔。」

崔慶鎮律師：

你好，我是林海秀。

關於起訴李盛木記者一事，本來說好要告訴您我的意見，但拖到現在才聯絡您。事實上直到這幾天，我還是在猶豫。一下覺得我為什麼這麼苦惱，一下覺得是否真有必要做到這種程度。老實說，我也不曉得自己在擔心什麼。

我經常思考我們最後一次見面時您說的話：發生的就是發生了，要努力解決問題，去尋找解決方法；為做錯的部分負責，就遭受的損失和傷害接受道歉和賠償，這是兩件不同且獨立的事項。不要想得太複雜，煩惱得越久，就會錯過關鍵時機。

我打算對寫惡意留言的人，包括李盛木記者在內，採取法律行動。當然我知道，這個選擇可能會讓我更辛苦。我也清楚不是得到道歉和補償，事情就會解決。但如您所說，有時候有些事採取行動很重要，而我試著這樣想。

至於具體的程序和方法，請您以書面告知。同時，我也想知道其他人做了什麼決定，李勝彪先生和張秀珍小姐的案件後來是不是也由您負責呢？

對了，還有另外一件事，幾天前我想說的是

她覺察到只是每天耐心地等結頭菜不是辦法，並得出一個結論，那就是需要比那更積極的作為，更有創意的方法。

週六下午，她和世理一起來到銀杏樹空地。那天風和日麗，原本沿著圍牆盛開的迎春花凋落，大大綻放的櫻花也謝了，輪到帶紅色的玫瑰花苞在準備開花。如果連玫瑰花都凋謝，夏天就會正式開始了。

「阿姨，今天救到結頭菜的話，會帶牠去醫院嗎？但是聽說動物醫院很貴，因為動物沒有保險，是我爸爸說的。」

「是啊，應該是吧。我得問問阿丸媽，看有沒有值得信任的醫院。我完全沒想到這點耶。妳去過動物醫院嗎？」

「嗯，去過一次。」

「什麼時候？」

「賓果生病的時候。賓果是我奶奶養的狗，牠是一隻白色的珍島犬。」

「看來牠病得很嚴重。那賓果好了嗎？」

「沒有，牠死了。」

她沒再問下去，而是等著女孩的下一句話。

「我奶奶也在醫院去世了。如果帶結頭菜去醫院，醫生應該會治療牠吧？經過治療就會好起來吧？不會死吧？」

女孩的想法中存在驚人之處，有時女孩對事物的看法會在連女孩自己都沒意識到的情況下超越她的想法，想到那麼遠。

「醫院是幫人治療疼痛的地方啊，嗯，雖然也會有不太順利的時候。畢竟如果太晚就醫或是身體已經變得太虛弱的話，醫院也束手無策。結頭菜會沒事的，不用擔心。」

女孩似乎想再說些什麼，但只掀動了幾下嘴巴後便作罷。一些沒能說出口的話在女孩的臉上投下一層淡淡的陰影。一個黃色誘捕籠和一包零食，還有一個鐵製誘捕籠和一支長長的捕捉網。行李多到不行的兩個人腳步越來越沉。

「很重吧？那個給我，阿姨來提。」

「沒關係，我力氣超大的，妳看！」

女孩像是想要證明給她看，開始領頭走在前面。當她們抵達空地時，兩個人都滿身大汗了。她把帶來的東西放下後，環顧四周，尋找合適的地點。

結頭菜往返的路口。一個可以分散結頭菜的戒心，讓聰明機警的牠不疑有他的場所。

她決定在距離銀杏樹稍遠的地方放置長形鐵製誘捕籠，然後在更遠一點的地方設置黃色誘捕籠。她將沒有底部的黃色誘捕籠抬高一半，以長木棍固定。不同於鐵製誘捕籠需要等貓進到籠子深處才能關閉出口，黃色誘捕籠沒有底部，要引誘貓咪相對容易。關鍵在於腳踩在地上的感覺。貓的視力不好，只能依賴其他感官。

「世理，妳拉一下試試看？」

世理一拉動綁在木棍上的繩子，黃色誘捕籠就直接垮了下來。她慎重地調整木棍的位置，盡可能地把籠子抬高後，又請世理再拉動繩子幾次。最後她在籠子裡放了幾塊看起來十分美味的雞胸肉，然後在遠處找了個地方坐下。

「結頭菜會來嗎？今天能抓到牠嗎？妳覺得呢？」

女孩敷衍地應了幾句，拿出手機後乾脆一句話也不回了。她抬頭望著一天比一天茂盛的銀杏樹，說起其他事。關於她明知道天亮後絕對會後悔，卻還是在深夜犯下的失誤。是關於孤獨讓自己像被驅使般地違反自我決心的故事。

「世理，昨天晚上阿姨打了電話給一個很熟的朋友，但是那個朋友叫我暫時不要聯絡她。她好像不想接我的電話。」

「阿姨的朋友？叫妳不要打電話？為什麼？」

女孩表現出好奇心。

「我和那個朋友吵過架，會不會是他還沒完全釋懷？」

「妳們什麼時候吵架的？為什麼吵架？」

她無法將吵架的原因解釋為只是在玩耍時發生的小衝突，也就是說，她無法將它解釋為誰想要先做什麼事，或誰想要得到更多，或是互相講氣話、推來推去這種程度的問題；沒辦法將其簡單歸納成是朋友間經常出現又消失的猜忌與嫉妒、競爭與誤會。她和周賢的衝突不是那種，倘若理由有那麼簡單，衝突就不會持續這般久了。

這是關於世界觀的差異，和生活態度的問題，是很難找到交點的問題。

「海秀，這件事妳不需要跟我解釋，也不需要跟我道歉，這不是發生在我們之間的事情啊。也許妳和我談會有幫助，但這樣不對，不能解決問題。妳應該去見那些人，去見那個人的家屬，不管是誰。妳不那麼做的話，事情永遠不會結束。我要妳這麼做不是為那些人好，而是為了妳好。」

一開始發生那件事時，周賢這樣勸她。

但她無法去見那些人。就是她在節目中做出不當發言、幾個月後自殺的那個男人的家屬，他們不希望和她見面。不，這麼說有些矛盾，她從來沒有要求過見面，所以她無從得知對方是否希望或不希望和她見面。對他們來說，她不過是眾多說話沒禮貌又沒常識，不能往來的人之一。

那時她不能見他們，不想見他們的是她。不論是那時還是現在，她都對他們無話可說。在那件事發生後不久，她去見過男子的母親，是和周賢一起去的。周賢把車停在一棟三層樓的福祉館前。每當玻璃大門打開，就會有一群身穿花夾克的老人成群結隊地走出來。

「知道這裡是哪裡嗎？」周賢調低了播放中的收音機音量後問道。

她默默無語，因為她可以充分地猜出眼前的情況。

遠遠地，她看到一名背著花背包、拄著拐杖的老人緩慢地從階梯走下來。老人和人們打招呼、交談，一邊還不斷地注視自己的腳尖。她還看到另一名蹲在大門前察看包包的老人身影。每次風一吹，圍在老人脖子上的藍絲巾就會飄呀飄的，好像快滑落一樣。遠遠地，不斷出現一個又一個老人的身影。

她的目光依序掃過這些陌生老人的臉孔。

「聽說朴庭基先生的母親在這裡，我們進去看看吧。」

也就是說，在周賢那樣說之前，她的目光就已經在尋找那個人了。她沒有反問：「所以呢，是要我怎樣？要我怎麼做？」而是默默觀察每一位老人。緩慢的腳步，花白的頭髮，甚至是像掛了秤砣，歪斜地傾向地面的視線。

她有些震驚。

不是因為該做的事和不該做的事、能做的事和不能做的事那種瞬間充滿她腦海的想法。她從來沒有仔細地想像過，在那個複雜的念頭背後真實存在的某個人。她也從未試圖去想，在受害者和遺屬、真實和臆測、控訴和反駁那種宛如碎玻璃片般的單詞後面，呼吸、走路、說話、每天經營自己日常生活的某個人。

而這時，一個堪稱真實的形體才出現在她眼前，模樣是如此的具體、寫實。

她知道周賢在期待什麼，以及這一刻自己該做什麼、能做什麼。儘管如此，她還是尋找各種藉口——提起律師的建議、怪地點和名義、假裝苦惱時機和方法，拒絕了那一切。

她從來沒有後悔過那天的事。

周賢沒有好好讀懂現在這個狀況，那個孩子凡事都看得很重，一定是把這件事想得太認真了。若是無法達成交集，她就只能和周賢斷絕朋友關係。她覺得自己已經做好了那種心理準備，相信自己可以放棄這段三十年的友誼；她認為自己已經準備好失去與她共享童年的快樂和喜悅、幾乎可以說是童年時期唯一的證人。儘管周賢總是對她的話傾耳細聽，理解她的感情，使出渾身解數都想要把她從這灘爛泥中救出來。她認為再也不能接受周賢的建議。

就如同她和不那麼緊密的朋友們、前後輩們、諮商心理中心的同事們、無數個透過工作所認識的人，以及終於結束的泰柱的關係一樣。

她認為那種不樂見的結局是自己必須承擔的，如同四肢被砍斷一樣，失去寶貴的東西是對自己的懲罰。

那麼，她大半夜打給周賢的理由是什麼？她明明不同意周賢的看法，對於當天的事情連說一句話的意思都沒有。她在周賢介於冷淡和心疼之間的嗓音中期待著什麼？

「是啦，這也許不是什麼大事，說不定過一段時間，就會成為人們用一句『原來有那種事啊』簡單帶過。我也不知道，我只是希望日後當妳回頭看現在這段時間時，不要後悔，說『早知道那時候就這麼做、早知道那時候就那麼做』，畢竟後悔是於事無補的，不要做會後悔的事。我想說的就是這樣，沒有別的了。」

昨晚，周賢最後一句話是這麼說的。

她沒有追究自己還需要再做什麼，也沒能問要過多久，才能把這件事稱為那種事情。自然的日常交流，毫不遮掩情感往來，偶爾爆出來的笑聲。

她所證實的是，那些東西是一段枯燥又貧瘠的對話，已然消逝不見。對話在那個事件面前先是猶豫、躊躇、動搖，然後一而再，再而三的走走停停，不斷佇立，就這樣放棄了繼續前行。

也許女孩和朋友發生的衝突也是那種類型的糾紛吧？是不是因為找不到理由，所以無法達到交集呢？

她想聽女孩的故事。

她想知道每當手機震動，展開一條又一條的簡訊時，世理為什麼總是難掩緊張，還露出害怕的表情。是什麼要求和囑託讓女孩心驚膽戰？

「妳週六不用去練躲避球嗎？」

「週六有時候要練，有時候不用練。今天本來應該去的，但我沒去。」

「為什麼？」

「就不想去，我腳痛，而且也很累。再說，我還要抓結頭菜啊。」

她點點頭，假裝沒看見女孩腳踝上淡青色的瘀傷。在那一刻，遠遠地，出現一個小小的影子，是小黑。又等了一會兒，銀杏樹後面出現一道黃色的身影。

「是結頭菜，阿姨，那是結頭菜。」

女孩向她咬耳朵，她小心翼翼地起身。和往常一樣，小黑在前，結頭菜一瘸一瘸地跟過來。結頭菜的眼睛無法完全睜開，牠不時伸出舌頭，搖頭晃腦的。每當這時，結頭菜的頭就感覺快要栽到地面，看起來非常危險。任誰看了都知道那不是出於結頭菜的意志，而是某種痛楚像操縱玩偶一樣，玩弄著結頭菜的肉體。

「是啊，希望今天真的能抓到。」她喃喃自語。

星期六的等待以一無所獲收場。

小黑無所顧忌地直接進入鐵製誘捕籠，即使門喀嚓地一聲關上，牠也氣定神閒，自顧自地吃零食。吃完後甚至還躺在關上門的鐵籠裡睡午覺。小黑的舉動會給結頭菜什麼教訓嗎？是在指點牠，一旦粗心大意，就會像這樣被關起來嗎？還是在告訴牠，就算被關，也不會發生什麼事，讓牠安心？也許小黑正在以這種祕密的方式在助她一臂之力？

星期日上午，她獨自前往銀杏樹空地。在那裡，發生了一件驚人的事。稍過了中午後，結頭菜走近她，儘管牠的步履蹣跚，卻絲毫沒有猶豫。結頭菜知道她是誰，認得她，這點她可以確定。

她試著鼓起勇氣，一伸出手，結頭菜就把鼻子輕輕放在她的指尖上，還吃她用手擠給牠的肉泥。

「你改變心意了嗎？今天打算乖乖進去籠子嗎？」

她說完後，結頭菜與她對視，並微微張開嘴巴發出聲音。與其說是聲音，更像是接近金屬聲的呼吸聲。儘管如此，結頭菜的狀態看起來還是比昨天好，沒有老是伸著舌頭，搖頭晃腦的症狀似乎也比較輕了。

「怎麼回事？怎麼會這樣呢？」

然而那只是她的期望和錯覺。結頭菜的毛髮纏繞糾結、亂成一團，滿是眼屎和眼淚的臉腫得厲害，身體卻瘦得不像話。牠的狀態簡直可以說是體無完膚，嚴重到讓人乍看之下還以為牠不是活的，就算馬上死掉也不奇怪。

她仔細端詳結頭菜，深南瓜色的眼睛，小小的腳、尖尖直立的耳朵和細長的尾巴依序映入眼簾。就連牠每次呼吸時，身體微微的起伏也變得明顯。和第一次見面相比，結頭菜似乎長更大了，越來越像成貓。彷彿牠即使處於痛苦之中，也正在老實地履行成長的義務。

她決定放膽下手。

她設法誘引結頭菜到誘捕籠附近，不僅揮動一根細長的樹枝來吸引結頭菜的注意，還撫摸晚來的小黑，試圖藉此消除結頭菜的戒心，盼望決定性的瞬間到來。只要那一刻來臨，她似乎就能用手一把將結頭菜攫起，放進誘捕籠。似乎可以用自己的蠻力制伏那個失去氣力的小生命，然後援救牠。

然而，那種事並未發生。

事情不如想像得順利，那是不可能的。結頭菜只是在黃色誘捕籠附近慢悠悠地晃來晃去，最後她只好悄悄靠近，想把結頭菜推進籠子裡。但她的手一碰，結頭菜的身體彷彿受驚似地跳起來。結頭菜一下子變成一隻凶猛可怕的貓，朝著她張牙舞爪，做出威脅的動作。

當她將準備好的毛毯拿來時，結頭菜早已迅速躲起來了。牠沒有給小黑發出任何信號，就獨自跑到了銀杏樹後面。

她在太陽下山之前回到家。

回家後她沒有洗澡，也沒吃東西，就直接倒在沙發上小睡了一下。屋子裡寂若死灰，感覺是最適合入眠的地方，她卻無法熟睡，某種騷動和喧囂將她牢牢留在睡眠和意識之間。

她在一個人聲鼎沸的夢境中，大家叫著她的名字，向她揮手，她也和眾人打招呼，相互問候。眾人的樣貌多少有些熟悉，又有些陌生。每次回頭，那些人就又變得更陌生一些，當她再看時，一張認識的臉都沒有。她擠在一群極其生疏的人群中，尋找熟識的面孔。然後終於，她發現了一個人。不過那個人斜低著頭，沒辦法好好看清楚臉。但她看得出來，那個人是她很熟的人，她很肯定那是她相識已久的朋友。她拚命從幾乎沒有空隙的人群中掙脫出來。

終於，她喊了那個人的名字，那個人回頭看她。一張她從未見過、也沒想過會看到的臉，一個陌生、生硬的表情和嚴厲又果斷得嚇人的眼神，怔怔地注視著她。

就這樣，她幾次從睡夢中醒來，過了某個時間點後就再也睡不著了。夜漸漸深了，她一邊小口嚼著因水分流失而變得皺巴巴的杏仁和起司，一邊看電視劇。

「現在不是這麼做的時候，我們找個時間，大家一起聊聊吧。也要聽聽孩子們怎麼說啊。」畫面中的男人說。

男人身穿藍條紋睡衣，坐在房間地板上，正在對看起來像是妻子的女人說話。

「何必？我為什麼要聽孩子們的說法？也沒什麼好聽的，現在真的結束了，雖說沒有父母能贏過孩子，但我做不到，沒辦法再繼續了。」

女人在化妝臺前擦乳液，也不回頭看男人一眼。男人搓弄著自己的一隻腳，低頭看著地板的某個地方。在這個窄小的房間裡，一個舊式衣櫃和一個矮小的抽屜櫃，一張化妝臺和一張坐式餐桌就是全部了，沉默重重壓在這個小房間裡。男人又說了什麼，儘管他對眼下情況不甚滿意，感到失落又挫折，仍想方設法地說服妻子，而那，是賦予男人的角色。

男人的演技不自然到了極點，要完全成為那場戲裡的丈夫，他看起來太過苦惱了。但那說不定是她的錯覺。是因為他的裝扮很不自然嗎？那套衣服和房間裡的全景太不搭了，還是因為觀眾無法得知的個人因素？

又換了一場戲。

男人在一家天花板低矮的小吃店裡和兩個人交談，坐在他對面的人像是一對夫婦。夫妻倆穿著同樣的圍裙，悶不吭聲。男人一閉上嘴，桌上就開始堆起沉默。三個人的目光斜視，彼此沒有交集。

過了半晌，男人才夾起一條年糕，邊吃邊得意地說：

「你也知道，你媽從以前就是出了名的固執，沒什麼好擔心的，這次你們只要安靜地聽聽就好。週日回家一趟吧，我都想好怎麼做了，你們先回家再說。」

這次男人的演技也很不自然。雖然三個人的臺詞銜接得很流暢，但這些話比較像是機械式地散落在空中，他們的話無法和配手勢配合，傳達出安慰、理解，也無法藉此引出其他對談，只是一堆不懂對話的言詞。

男人走出小吃店，自言自語道：「這裡說不想，那裡也不要，我的命還真苦啊，活了這麼久卻越活越難，唉，至少得有一天是輕鬆的，才能喘口氣啊，真是悶死人囉。」

她像配音一樣大聲模仿男人的臺詞。這是部老劇，她已經看了好幾遍，甚至可以一字不漏的背下某幾幕的臺詞。在這部電視劇裡，男人的戲份並不多，五十幾分鐘的播放時間裡，男人只出現三、四場戲。

但她為什麼能把男人的語氣和表情、臺詞和動作等細節記得如此清楚？為什麼總能在男人的演技中發現那些不起眼又彆扭的地方？

一位五十多歲的男人正在飾演一位七十幾歲的老人，他像被角色牽著走一樣，很費力地扮演被賦予的角色。一開始她以為男人是演技沒有天分，認為他沒有多加思考，就貿然接下一個自己無法消化的角色，是個分不清自己能做和不能做什麼的人。

但現在，她對這個男人已經沒有任何想法了，她不做任何評價，也不做任何評斷。她按下遙控器的電源按鈕，畫面閃了一下後關閉，男人那張毫無特色的臉就從記憶中不知不覺地消失。

崔慶鎮律師：

您好，我是林海秀。

關於起訴李盛木記者一事，之前我說會告訴您我的意見，沒想到幾週又這樣過去了。希望您能諒解我這麼晚才回覆您。

我收到您的信了，除了那三位，會對其他人進行法律程序這點我明白了。在蒐集資料方面可能會花很多時間這一點，我也會放在心上。

其實從幾個月前開始，我就有與李勝彪先生和張秀珍小姐見面。您還記得當時與我一起前去諮詢的那兩位吧？我們見面不是有什麼特殊目的，也不是定期聚會，就是喝個咖啡，聊聊日常瑣事後那樣。短則一小時，最長也才兩個小時左右。

畢竟有時不僅是我，他們也迫切地需要被理解。有時見完面回來，心情也會舒服一點。

李盛木記者的事我可以再考慮幾天嗎？我想我還是需要多一點時間來思考這件事，最晚一定會在這個月底前告訴您結論。

我好像在很多方面都給您添麻煩了，若發生什麼問題是我需要知道的，請隨時告訴我，我這邊有什麼事也會隨時聯絡您。

另外，我還有一件事情想拜託您，是之前我問過您的那件事

她做好外出準備後就出門了。

這幾乎是她兩個月來第一次外出，她坐上駕駛座，按下啟動按鈕，車子便順暢地發動。她把車駛出巷弄後慢慢加速。離家越來越遠的事實讓她的心情平靜下來。她抓著方向盤把身體打直，注視著眼前寬闊的道路。高樓大廈、閃爍的廣告看板和熙熙攘攘的人群吸引了她的目光。

她稍微降下車窗，流進車窗裡的光、空氣和噪音之類的東西感覺有些不同。這些完完

全全是屬於外部的東西，是她從來沒見過的陌生事物，而這令她感到放心。

她現在是在逃離自己的世界嗎？是在享受遠離自己的地方所帶來的解放感？

對方已經到了約定的地點，她一走近靠窗座位，一張熟悉的臉孔見到她，便從座位上起身。他是李勝彪，三十歲出頭的男人，是她每兩、三個月會見面一、兩次的人。他也是曾因失言而把一個人逼死的無恥之徒之一。

這是無恥之徒的聚會。

那樣的他們要聚在一起密謀，也許這種能直接看到外面的咖啡廳不是個合適的場所。不，要感到羞恥並學習受辱，這個場所再好不過了。也不對，搞不好這裡才是最適合無恥之徒藏身的地方。

「哦，您來啦？秀珍說會晚點到。」

勝彪的氣色比上次見面時好多了，不僅臉上長了點肉，氣色似乎也恢復不少。她在勝彪對面坐下，原本靜靜流淌的古典樂轉變為輕快的爵士樂。

「最近也偶爾會有人認出我，不過已經沒有像以前那樣過分的人了。能這樣就很不錯，該慶幸了。」

勝彪小口啜飲著咖啡，不斷向四周張望。他本是一個三十幾歲的平凡上班族，雖然現在依舊是上班族，但再也不能說他平凡了。人們看他的方式以及他看大家的眼神，他上班的公司，還有在那裡認識的人的性情也變得不一樣了。他的生活被降級了，最起碼他還懂得說那是自己的錯。

他忘了如何回到以前的自己，遺失了過去的自己。她也是。他們最大的共同點就是那一點。他們必須與自己現在所處的生活和解，得找到可以這麼做的方法才行。

張秀珍晚了二十分鐘抵達。她是一位三十幾歲的女性，經營一家頗具規模的網拍公司，而她的網拍公司正處於破產邊緣。

三個人相聚後，開始進入正式對話。

「我真的是損失慘重，每天早上都要去刪除網站上的惡意留言，你們懂我的意思吧？有一次竟然有人打上我家翰斌學校的名字。翰斌現在才十歲，他有什麼錯？上次我不是說有人刮壞我的車嗎？發生那件事之後，我就故意把車停在離我家很遠的地方，結果不曉得對方怎麼知道的，最近還是偶爾會發生那種事。不久前我還蓋上車罩，沒想到連車罩都被人用刀割開。」

勝彪聽著秀珍的故事，表情變得沉痛，似乎認為那就是自己將要面臨的未來。

勝彪把身體靠向桌子，開口說：「可是啊，如果告他們會怎麼樣？可以處罰到所有留惡意留言的人嗎？難道不是繳點罰金就沒事了嗎？誰來決定那些留言是不是惡意留言？我到處打聽過了，可是每個人的說法都不一樣。」

勝彪的聲音漸漸變小。

「勝彪，你聽清楚，重點不在於那些是不是惡意留言，我們要做的是讓他們不能再寫那種文章。你要這樣一直被欺負到何時？是啦，一開始我也想說就忍一忍，假裝沒這件事，但真的是沒完沒了。說真的，那些人到底為何這麼執著？我真的每次都大開眼界。你要是一直老實待著，我告訴你，事情不會結束，真的不會有結束的一天。我呢，就算是看在我們家翰斌的份上也必須做。真的，我的孩子為何要受這種罪啊，我有說錯嗎？」

秀珍的上半身又更靠向桌子一些，勝彪和秀珍的額頭近到快碰在一起了。

她感覺到秀珍有些變了。

他們是一年前在律師辦公室認識的。當時她的律師聯絡這兩個人之後，三人坐在一間家具少到讓人覺得空蕩的乾淨會議室裡，聽了「共同應對」、「先發制人的措施」、「處理方案」那種話題。

難以推敲出具體意義的話語、無異於是剛在字典裡發現的單詞，是她一生中從未提過也沒必要提及的。她一臉木然的被那些不熟悉的語言包圍。

「方便的話，可以稍微聊一下嗎？只要一下就好。」

律師面談結束後，秀珍先向她搭話。那時她正在等電梯，勝彪在距離她們幾步遠的地方游移，最後跟著兩個人一起來了。

「您怎麼看？決定好要怎麼做了嗎？這個叫崔清真還是崔慶真的律師，是誰介紹的？您對他很熟嗎？這個人可以信任嗎？對不起，初次見面就一直問問題。所以您今天是第一次見到這位律師吧？我是說崔清真……不對，崔慶真律師。」

秀珍用吸管攪動著冰咖啡，劈里啪啦講了一大堆。勝彪則一臉失魂落魄的吸取秀珍說的每一句話。從她看來，這兩人簡直嚇壞了，絕對沒錯，就像她之前那樣。那天，三個人一來一往的內容盡是害怕和恐懼。悲慘的時刻已經開始盤據在他們的生活中，他們正在為迎接這一刻做準備。不，也許他們之間的對話，不過是一群犯下荒唐錯誤的齷齪小人能交換的對話罷了。

儘管如此，她還是記得那天和他們兩人分手、離開咖啡廳時，映入她眼簾的不是至今所見的高樓大廈、筆直的道路和人車絡繹不絕的市中心風景。而是從未見過的某個東西。一個屏息在熙熙攘攘、充滿活力的風景背面的洞穴入口，在轉換場景之前，以令人驚恐的漆黑淡出。

而如今，她從秀珍身上感受不到一絲恐懼。

「林博士，您還好嗎？最近中心的公告欄上還有人上傳惡意留言嗎？那個時候網頁不是大當機，鬧了好一陣子，最近還有接到電話嗎？我在想要不要乾脆換掉電話號碼，光是一天就煩惱好幾次，但我還有客戶和一些常客，很難說換就換。對了，勝彪你換電話了嗎？還沒換吧？」

她簡短地答說沒有接到中心的電話，又說了一些不相干的事，像是她這段日子為了援救流浪貓，到處奔波。

「貓？您是說街貓？為什麼要救貓呢？」

「因為要帶牠去醫院，牠的狀態很糟。」

「哦，是為了幫牠治療嗎？您在做好事呀。您本來就對那種事有興趣嗎？對了，勝彪你決定了嗎？律師不是說可以告對方公然侮辱罪嘛。」

短暫表現出好奇心的秀珍馬上又把興趣轉向勝彪。兩人的對話再度往過去倒退。

「哦，我不知道怎麼做比較好。我搜尋了一下，發現要懲治那些惡意留言的人不容易。要是我提告，讓那件事再次爆出來，到時候為難的人就只有我了。您知道吧？我要結婚的事從去年開始就一直延到現在，今年真的至少得辦相見禮，讓兩家父母見面。我的父母一直在問，女朋友也很擔心。」

「勝彪，你聽清楚了，你以為這樣安靜待著就會變好嗎？你要這樣綁手綁腳的活到什麼時候？這算生活嗎？簡直就跟死了沒兩樣。你要繼續這樣過下去嗎？過得下去嗎？」

「當然過不下去啊，這種生活怎麼過？但我真的拿不定主意，不知道怎麼做才是好的。」

兩人的交談內容不斷原地打轉。要是不知道的人聽了，會以為這是什麼對話呢？他們是受害者，還是加害者？是扮成受害者的加害者，還是蒙受不白之冤，成了加害者的受害者呢？

「林博士，您想過了嗎？已經決定要怎麼做了嗎？」勝彪問。

這是在問她是否會任由那些人留惡意留言、散布謠言、不停的惡搞又持續攻擊，對他們的行為坐視不理。雖然使用的詞句不同，但就和律師說的話沒什麼兩樣。她開始說其他話題：像是氣溫正在逐漸上升，今年夏天將會很悶熱，還有這個月底颱風會北上，最後終於才說出重點。

「抱歉，我想接下來會有一段時間可能很難再參加聚會了。無論如何，希望兩位都能好好考慮清楚再做決定。」

原本在收拾咖啡杯的勝彪和她對視，問道：「為什麼？這是您跟律師商量的結果嗎？所以林博士打算什麼都不做囉？為什麼？真的決定了嗎？該不會有什麼我不知道的內情吧？林博士，您要是知道點什麼，一定要告訴我喔。」

她本想回：「什麼都不做也是一種選擇，有時候比起做些什麼，不做更難。」但她把這句話吞了回去，因為她不是出於那個理由才做出這個決定。再者，與其說這是一種決定，反而是比較接近保留的一種選擇。

她邊用衛生紙擦拭桌上的水氣邊答：「我只是還需要一些時間，而且現在也有點忙，沒有餘裕再想其他的事，因為我得抓貓。」

她和難掩慌張之情的兩人道別後，徑直走下停車場，坐上駕駛座，繫好安全帶後發動汽車。是該回家的時間了。她使勁抓住想回頭看的心情，重返自己的世界。

對她而言，銀杏樹空地越來越像禮拜堂那種場所。

在那裡等待結頭菜的時間會讓她的心平靜下來。她不知道那份寂靜和安寧從何而來。她待在空地的時間越來越長，有時還會守到夜色降臨，四周變得昏暗為止。每到那個時候，她就會暫時忘記自己正在等結頭菜。

只要抬頭，就能馬上看見那棵銀杏樹，她老是被顯眼得令人生畏的碧綠給分散注意力。有時她會把扁平的小石頭堆得很高，然後把散落的樹枝按之字形往上疊，做成一個塔，再慎重地用手指把堆疊起來的東西一下子堆倒，享受這樣的過程。

任何事要累積很難，要摧毀卻很簡單。

若人生就如同堆積木，每一步都要小心翼翼的擺上去，那麼她或許正在學習只抽掉一個積木，整體就可能倒塌的事實。同時訝異於可以被稱為教訓的事物是如此普遍、到處都是，甚至走到哪都會踢到。

結頭菜時不時會露面。

牠會提防四周，在解渴充飢後與她對望，甚至走近她，發出小小的叫聲。早上見到的結頭菜懶洋洋的，下午見到的結頭菜會精疲力盡，晚上見到的結頭菜則有些活力。至於凌晨這個時間就很難猜測了，因為她不知道結頭菜是在哪裡、又是如何度過深夜的？

但有一件事是肯定的，就是結頭菜認得她。結頭菜懂得以非常間接的方式展現牠謹慎又明確的情誼，那是在走近任何人，與對方進行眼神交流，然後將柔嫩的臉頰交出去，親暱和對方互動的小黑身上找不到的。

白天她若打招呼，結頭菜會先注視她的眼睛，然後慢慢走過來，把鼻子貼在她的指尖上。那是貓咪們的招呼，做作又高傲。結頭菜會抬頭看她，發出細微的叫聲，然後在她身邊緩慢地溜達。心情好的時候，還會把鼻子貼近她的鞋子，聞她的味道。

然而這樣的結頭菜並沒有讓她比較安心，反而越來越焦慮，不只是因為牠一跛一跛的腳步，纏得亂七八糟的毛髮，掛著口水、濕潤的嘴角，還有像是通了電般，時不時因痛楚而閉上的眼睛。

她不知道自己從結頭菜身上感受到的是何種情感，分辨不出那是同情，是持續對自己的憐憫，還是身為人類膚淺的優越感。她無法理解想援救結頭菜的自己，不，有時甚至覺得自己很可笑，竟然相信自己能拯救那個可憐的小生命。因此她在這裡面對的是自己，她連一刻都沒有從自己身上離開過，一點也離開不了。

某天傍晚，她把手伸向因疲憊而暫時昏睡的結頭菜，那一刻她像是受到某種東西牽引，毫無猶豫。結頭菜的毛髮到處打結，濕濕滑滑的。當她的手一抓住後頸，結頭菜的野性馬上覺醒。結頭菜反射性的扭動身體抵抗。

若是稍有遲疑，這次嘗試就會失敗，機會不會再來了。她在抓著後頸的手上使勁，然後試圖用另一隻手壓制結頭菜瘦小的身軀。這一刻無法按照順序詳細解釋，因為這是一場凝聚所有可怕瞬間的混亂——抓捕、掙扎、頑抗、搖動、叫喊、哀求、逼迫。

她把脫下來的襯衫捲起來，試圖抓住結頭菜。她一邊幾乎要把那個小生命壓在地下，一邊拚命穩住想放棄的念頭。她用一隻腳打開誘捕籠的門，嘗試把結頭菜推進去，但結頭菜小小的身軀爆發出強大的氣勢。一團塵土從死命掙扎的結頭菜身體下方升起，口水四濺、驚叫聲不絕於耳。

就在她幾乎奇蹟般地，覺得可以把結頭菜的身體推進籠子裡時，又立刻發現那是她的錯覺。在她打開誘捕籠的入口前，結頭菜就飛快從她手中逃走。結頭菜逃跑時，身體向一側傾斜，好幾次差點摔倒在地，看來準是失了魂。

「結頭菜，結頭菜。」

她稍微支起身子後又重新癱坐回原位，她也同樣脫力了，臂膀和手背都血跡斑斑，到處是結頭菜用鋒利腳爪劃破的傷口。她用襯衫包紮自己像被人亂砍的一隻手臂，紅色的血從薄薄的襯衫中滲了出來。

她用襯衫將手臂纏了幾圈後，開始收拾帶來的東西，急急忙忙地離開銀杏樹空地。

「妳去救結頭菜嗎？哎呀，妳的手臂怎麼了？受傷了嗎？」

那天晚上她去還黃色誘捕籠和鐵製誘捕籠，阿丸媽看到她，大吃一驚。拉下鐵捲門的牛奶配送站前盡是無人領取的郵件，亂七八糟的。再仔細一看，鐵捲門角落貼著一張紙上面寫「店面出租」，看起來已經很久沒有營業了。

「我打算到此為止了，不管怎麼想，還是覺得我應該做不到。」

「哎呀，妳是在救牠時受傷的嗎？」

阿丸媽端詳著她到處貼了ＯＫ繃的一隻手臂問道。似乎是想斥責她，不過是被那隻弱小的貓咪搞了這麼點傷，就馬上要放棄啦？不，也許阿丸媽早就料想到了。

「就算救了牠，我也無法承擔責任，我沒有養過動物，也不想在治療結束後重新把牠放回街上。這件事非我能力所及，對不起。」

她低頭看著放在地上的兩個誘捕籠說，然後將一個小購物袋遞給阿丸媽，是一盒在附近烘焙坊買的餅乾。表示完感謝後，她又補了一句，自己已經把籠子清洗乾淨了。

「好吧，既然妳已經決定，那就沒辦法了。傷口消毒了嗎？還沒去醫院吧？牠們畢竟是街貓，可能得打破傷風，為了以防萬一，一定要去醫院喔。」

阿丸媽似乎還想再多說些什麼，看了她一下後，不發一語地提著兩個誘捕籠和購物袋轉身離去。遠方道路那頭的警報聲漸近又漸遠。她站在原地，注視著阿丸媽拖著拖鞋漸漸遠去的背影。

李漢成代表：

您好，久未聯繫，希望您一切安好。

此次來信是有件事想拜託您，之前我諮商的來訪者中有一位周漢娜小姐，年紀在二十歲後半段，深受週期性憂鬱症所苦。周小姐已經和我做了一年以上的諮商治療，她想要自我克服的意志力很強。雖然我無法告訴您具體的諮商內容，但我希望您推薦幾位能夠給予周小姐幫助的諮商心理師。周小姐非常信任中心和我，因此我認為展現這點程度的誠意和關懷是應該的。

還有一件事想拜託您。

就是在為了決定我的去留所召開的最後一次會議上，曹敏英小姐提出的問題。那些問題沒有必要在那個場合提出，是不當的發言。尤其曹敏英小姐拿我作為一個諮商心理師的工作方式和態度做文章，我認為是非常惡意的抹黑，讓我至今仍耿耿於懷。您應該知道，我絕對沒有用那種方式行事。即使那是事實，我認為這個問題也不應該在那個場合被討論，再說，我也沒有理由聽曹敏英小姐說那種話。

由於那天的會議是正式日程，我很好奇是否有過什麼內部的協調。我想知道，曹敏英小姐的提問是否經過事前討論，還是單純的個人行動，在決定我的去留上有多大程度的影響。

由於我是被通知離職，因此我無法得知這中間經歷了什麼過程，我認為作為當事人，要求關於這個過程的資訊也是理所當然。如果不去尋找可以接受的理由，我也很難接受這個結果。

這絕非過分的要求，背後也沒有任何目的，我只是她寫到那裡，為了寫到最後，試圖修改幾個單詞。她把「內部的」改成「隱密地」，然後加上「祕密地」一詞；她也嘗試將「協調」這個單詞換成「模擬」、「密謀」、「合謀」之類的用語。原本近乎面無表情的信件開始隱約浮現可稱之為表情的東西——那些她未曾流露的情緒、不適當的想法、一旦顯露出來就會馬上回以報復的單詞。

所以這再次成為一封無法寄出的信。

說是流浪病貓的反擊，留在她臂上的傷口也未免太深、太嚴重了。

她的手背嚴重撕裂到可以看見裡面的肉。第二天早上，她在醫院縫了三針，然後打了一針破傷風和抗生素。整條手臂的皮膚青一塊紫一塊，腫得凹凸不平，好像挨揍了一樣。醫生說兩天要換一次敷料，然後叮嚀她盡量不要碰到水。

她站在掛號櫃檯前等著拿處方，護理師問：

「要先幫您預約下次看診嗎？如果不預約，要等很久喔。」

「那就麻煩幫我預約人比較少的時間。」

「兩天後來對吧？那天是週四，我幫您約早上十點。」

醫院位於一棟沒有電梯的大樓二樓，讓她沒想到的是，這間老舊到讓人懷疑誰會來的醫院每天都門庭若市。她離開醫院後，快步穿過走廊，走下樓梯。一位兩隻手抓著欄杆，正慢慢下樓梯的老婦人向她搭話。

「唉，這裡怎麼每天都這麼多人。每次只要來這裡，兩個小時一下子就過去了。也是，生病的人那麼多，隨時都有人生病，醫院本來就不會不景氣嘛，畢竟生病不會受景氣影響。」

即便她沒有給出相應的回答，老婦人還是又說了一句：

「不過醫生還是很有良心，醫術也好，不然大家怎麼會來呢。膝蓋就已經痛得要死了，每天還要這樣爬上爬下的。不過妳別擔心，就算閉著眼睛，他也能熟練地醫好大部分的毛病。」

她點點頭示意後，走出大樓。而她擔心的事在一週後發生，那時，她正坐在候診室裡等待換藥和拆線。

「哦，竟然在這裡見到您？知道我是誰吧？記得我吧？」

一個人跟她搭話，是坐在電視機前的男子。她坐在門的另一側，而男子就坐在和她對視的位置，與她相隔一張橢圓形桌子。

看她一臉不解，男子說：「您不是住在後面那幢磚房的諮商老師嗎？」

男子像是下定決心般移動到更近一點的位子，坐在沙發上的人紛紛左右挪動身體，避開這個大塊頭的男人。他是誰？是友是敵？還是看熱鬧的人？其他人則漠不關心地將目光投向電視機那端。

她的心臟猛烈跳動，熱血湧上臉部。她放下手中的雜誌，挺直腰板坐好。

「有一陣子沒看到您，還以為您搬走了呢。您還住在這一區嗎？怎麼會來醫院？手受傷了嗎？哎呀，怎麼受傷的？」

「我沒事，現在幾乎都好了。」

她用一種既不誇張也並無不足的動作，以及面無表情的神態，既沒有表現善意，也沒有表現敵意，小心翼翼地回應。男子像是習慣性的握緊拳頭後又鬆開，繼續說話。男子的手又大又厚，短粗的圓指甲周圍因為沾滿油漬，黑黑的。而當她看到男子缺了一截的小指，那一瞬間，她立刻意識到他是誰了。

是幾年前的冬天到過她家的男人。他騎著一輛紅色摩托車，載來各種裝備和零件，仔細地檢查房屋裡裡外外後，用漏水檢測器一下子就找出水管凍裂處的技師。男人還曾在院子一角滿頭大汗地挖開凍土，更換配管。他是她在水管凍裂時請來的人——從挖地、更換水表、重新埋管到用水泥乾淨俐落的收尾，花了不到幾個小時的時間。

「哦，本來我就想哪天要是見到您，一定要跟您說這句話。您不要覺得我在多管閒事，就姑且聽聽。就是那些亂罵髒話、留惡意留言的人啊，聽說您要告他們？不知道是昨天還是今天，網路上出現新聞了耶。」

他是在說不久前才見過的秀珍和勝彪的事嗎？還是其他人的事？那件事依舊引起人們的興趣嗎？逼死那個男人的言辭不計其數，而她是那些多到氾濫的無數個言辭中，少數幾個被揭露的人。

「是，怎麼了嗎？」她回答。

這些話尚不能分辨出是敵是友。男子像是再也憋不住般，立刻接著說：

「那個心情我也理解，又不是只有一天兩天，心裡當然會很難受。但人不是死了嘛，您這麼做，對您有什麼好處呢？只會被人指指點點，說您這個人沒良心。不懂的人本來就愛亂講話，這種時候安靜待著才是明智之舉。只能趴下裝死，等一切歸於平靜啦。」

這個男人以為自己懂什麼？他以為自己說的話有什麼不同嗎？

「您絕對沒必要覺得委屈，我是因為大家都住同個社區，走在路上都會碰到才講的。要是素不相識，我也不會說這種話，也沒必要說啦。」

男人過度的低語似乎激起了人們的好奇心，其他人小心翼翼的目光向她投來。她默不作聲，低頭看著桌上的雜誌。

她覺得自己被困住了，被困在無數的話語中，被困在意義和脈絡被無限擴大、扭曲、重疊的語言中，被困在絕非只有單一意義的母語中。也許她需要一個新語言，若是賦予她其他的語言，說不定她就能找到適當的詞彙，透過完全陌生的排列做出稱得上是反駁的反應。

即使在這時候，男子還是沒有停止說話，一位坐在一旁的老婦人發出警告。

「喂，先生，你安靜點。這裡都是生病受傷的人，本來就很敏感了，你可以不要吵吵鬧鬧的嗎？」

老人的目光與她的眼神短暫交會。

「吵吵鬧鬧？我本來就小聲的在講，那裡吵了？沒必要道貌岸然，假裝不知道啦。我說，住同個社區的鄰居，就是要在有困難時互相說些建言。要是光看熱鬧，閉上嘴什麼都不說，那才對彼此沒有幫助。」

「插嘴別人的事算什麼有幫助的話，還不都是為了自己才說的。」

「什麼？竟然說是為了我自己？這哪是為了我自己？您不能隨便這樣說。」

「隨便？在這裡亂說話的人是誰啊？大家都閉著嘴一聲不吭的，是誰在那邊說長道短、大聲喧嘩啊？」

「什麼？」

男子的嗓門越來越大，老人也沒有絲毫要退讓的意思。隨著又有幾個人加入，說的話也越來越具體、正式。這是她絕不希望的方式。犯錯和原諒、反省和自殺、正義和嫌疑、被害和無罪等單詞接連冒了出來，而現在，已逝的知名政治人物和藝人的名字也跟著出現了。

她望向診療室，滿心期盼診療室的門能打開，護理師叫自己的名字。然而要輪到她還要很久。
她像等待判決的人那樣持續緘默，如同目前為止無數個坐在被告席上的人那般，以一種微駝、低著頭的姿勢，同時使盡全力抑止沸騰的話語和情緒，宛如等待一場不可預測又不能期待、如肆虐的風浪般的輿論裁決。
她使勁地按壓縫了線的指尖，感到一陣沉重而麻木的疼痛，她又用了點力，彷彿要把注意力集中在皮膚傳來的單純明顯的疼痛上，才不會受那些無情貫穿內心的話語所擺布。
「不然我們問問本人吧，不要這樣吵，來問問本人的意見。」
某個人像是下定決心般地打斷毫無進展的對話，看向了她。
他們是在給她辯護的機會嗎？是要她最後如果有想說的話就說？她很緊張，想用顫抖的聲音，一股腦地說出任誰看了都很情緒化的話。想用這種方式喋喋不休，給他們想看的、想聽的東西。
但她沒有那樣做。
她也沒有問，把自己羞於見人的一面安全地隱藏在滿口道德正義的話背後，然後到處傳閱某個人被扒光的陰暗面，這樣的樂趣到底有多大？因為她曉得，至少在談到那些問題時，自己也難辭其咎。她沒有喪失理智到吐出像迴力鏢般的話，畢竟那些話丟得越用力，就會越快反射回來。
「林海秀小姐，林海秀小姐請進！」

終於，診療室的門被打開，護理師呼喚了她的名字。她像被判刑的人一樣猛然起身，走進診療室。

幾天後的晚上，對講機響起。

對講機裡的畫面一片黑暗，都怪大門的燈故障了。她想起很久以前和要換燈泡的泰柱爭吵的事。當時她想把整組電燈換新，設置會自動開啟亮光的感應燈，不要透出黃光、昏昏暗暗的那種。

她意識到自己已經忘記這件事很久了，沒想到已經有這麼久沒有人造訪這個家。

「是誰？」她問。

黑暗的畫面中傳出一個細小的聲音。

「阿姨、阿姨，是我，世理。」

她打開大門，發現女孩站在那裡。世理的身體側邊夾著一顆球，臉上光亮亮的都是汗。

「我本來想傳簡訊，但我的手機壞了，掉到馬桶裡了。不過阿姨，妳現在不救結頭菜了嗎？」

不知從哪裡傳來一股微辣的調味醬味道。她低頭看著女孩因為帶子變長，幾乎是拖在地上的手提袋，回答：

「對，我決定不救了，我好像做不到。對不起，沒先跟妳說。」

「為什麼？為什麼不救了？」

「這個嘛，因為好像不是我能力所及的事，而且結頭菜好像也不希望被救。」

「我聽說阿姨的手受傷了，是阿丸阿姨告訴我的，她說妳是在救結頭菜時傷到的。還好嗎？」

「沒那麼嚴重，幾乎都好了。」

她輕輕揮動那隻受傷的手，但女孩並沒有就此轉身離開，像是還有什麼話要說一樣搖晃著身體，靜靜地環顧四周。

「妳看到結頭菜了嗎？」

「看到了。我去了那個空地，但沒有看到陷阱，所以就來了。我幾乎每天都看到結頭菜。昨天我給了牠肉泥，但牠不怎麼吃，嘴巴好像很痛的樣子。」

世理用一隻腳穩住重心後脫掉另一隻運動鞋，接著「啪啪」地拍打鞋子，傳來小石頭和沙子之類的東西掉落的聲音。她無心繼續這個對話，也沒有自信好好解釋為何要援救結頭菜的決心會如海市蜃樓般消失殆盡。

她試著開啟其他話題。

「最近也練躲避球嗎？」

「對，最近幾乎每天練。」

這個問題好像挑動了女孩的某個地方，女孩開始頹然，臉上可以稱之為表情的東西開始凝結。女孩似乎很想哭，她是那樣感覺。

「妳直接從學校來的嗎？吃晚餐沒？父母說不定很擔心妳，妳要是不介意，可以進來一下。」

女孩沒有一絲猶豫的神情，也沒有任何回答，就直接跟著她進屋。

她感到疲倦、無力，手背的傷口依舊灼痛，睡眠不足讓她的兩隻眼睛有刺痛感。她打開冰箱開始找吃的東西。另一邊傳來女孩進去廁所的聲音，緊接著傳來一陣水聲。冰箱充斥著各種過期的食品。蔬菜室裡，過熟的蔬菜與水果正在變質；其他層也同樣因為一堆不明內容物的小菜保鮮盒，雜亂無章。尚未拆封的即食品、五顏六色的醬料瓶、各種成分與成效不明的保健食品。她忘卻飢餓的日常正燦爛地張著嘴巴。

最後她找到的只有兩個番茄、三顆雞蛋和幾片起司。廁所傳來開門聲。她把這些東西重新塞進冰箱。

「世理，妳有喜歡吃的東西嗎？要不要和阿姨一起點個好吃的？阿姨也還沒吃晚餐。不過我們還是需要先聯絡妳的父母吧？」她大聲問。

女孩在廁所裡喊叫著回答：「好，等一下再聯絡也可以！」

訂的披薩很快就送來了。兩人在沙發上並肩而坐，品嚐既不特別也不怎麼出色的披薩。餅皮溫熱，刺激性的醬料香味讓人胃口大開。她瞟著女孩狼吞虎嚥地將披薩咀嚼後吞下，自己則一點一點的品嚐。

世理看起來好像變瘦、也變健康了，似乎是被陽光晒黑了。她打開電視，把音量調低，鏡頭正特寫一群人拍掌大笑的模樣。

「阿姨，可是我有吃過這個披薩喔，是和我媽媽去百貨公司的時候吃的，味道一模一樣。」

「是嗎？早知道就點別的了。」

女孩臉上的緊張消散，接著熟練地把沾在嘴角的起司碎屑推進嘴裡，自言自語道：「不過，那是很久以前的事了，是在我真的很小的時候。現在我不和媽媽住一起，一個月只能見一次。但是上個月，還有上上個月都沒能見面，她說她很忙，每次都這樣說。」

「是嗎？妳一定很難過。」她夾起一塊醃小黃瓜回答。

她並不驚訝，也沒再多問，更不顯露一絲惻隱或可憐的神情。女孩再次吃披薩吃到忘我。她該慶幸自己作為一位諮商心理師，已經受過充分訓練，足以面對來訪者令人錯愕、震驚，且越來越出乎意料的告白嗎？女孩會因為自己的祕密沒有驚嚇到對方而不知所措嗎？還是多少感到放心呢？

她不以為意的態度似乎打開了女孩的嘴巴，讓女孩又說了更多。就像在平靜的湖水上丟入了一塊小石子，女孩的話語在她心中掀起一陣緩慢且溫柔的波濤。

「我連媽媽家都沒去過。本來說好上次要帶我去，結果現在又說不行。我連媽媽家的地址都不知道，只要知道地址，就能看看房子長什麼樣子了，我是說用街景看。阿姨也知道網路地圖吧？」

她邊用遙控器轉臺邊點頭，畫面快速地變換，但似乎沒有女孩可能會喜歡的節目。她把頻道固定在一群大象穿越荒野的畫面上，然後又把音量調得更小。

「媽媽可能有什麼原因吧，妳再等媽媽一下下。」

她就只說了這些。正當她要再分一塊披薩出去時，女孩說：

「我可以。」

世理為了不讓配料掉落，俐落地把披薩盛到自己的盤子，然後再度專心於咀嚼和吞嚥。與此同時，還用一臉自己很在意的表情，時不時地抬頭看她。女孩的那個模樣像是在以一種奇怪的方式安慰著她。

「阿姨之前也和一個叔叔一起住在這棟房子裡，就在不久前。不過現在我們不住在一起了，比起住一起，也有人比較喜歡分開住。」

這些話從她的口中冒了出來。

「為什麼？」

「因為如果在一起，就會常讓彼此受傷，這對彼此來說都太痛苦了啊。」

「阿姨，可是啊，分開住了之後妳覺得比較好嗎？我說真的。」

女孩撿起一小塊青椒放進嘴裡，邊吃邊問。那一刻，世理不再是小孩子，更像個洞察內心的老人。她將「好」這個話中的含義一個一個找出來——舒服、輕鬆、容易、自由、寧靜、安穩。這是她和泰柱分手時思考過的想法，以及她不得不倚靠的價值觀。但她沒有提及屏息在那些話語背後，像影子一樣的話語——卑鄙、放棄、孤單、孤獨，還有徹底的崩潰。

「這個嘛，再過一段時間的話，應該就能明確給出答案吧。」

「妳看吧，也不是特別好嘛。」女孩裝腔作勢的頂嘴。

該怎麼形容這種對話呢？她已經有一陣子沒能經歷，且似乎再也無法體驗到這種沒有隔閡的溝通。兩人的對話沒有障礙，而且持續前進，然後柔順地轉換方向，在彼此的心中自由闊步。話語打開了緊閉的內心之門，進入彼此內心深處，然後在那裡汲取和自己一模一樣的言語。

不加修飾的話；沒有披掛累贅裝飾的話；既無居心，也無惡意的話；從來都說不出口的話；無法被賦予任何色彩和模樣，至今總是蜷縮著的話語。

「阿姨，不過今天在練躲避球的時候啊，我很想直接回家，因為朋友們又一直說我被球打到。我真的沒有被打到，但是素莉一直大叫說球擦過了我的頭髮。我們班有一個人叫柳素莉，大家都超喜歡她，我說什麼都不聽。」

「妳的心情一定很糟吧。是素莉看錯了嗎？」

「不是，上次她也這樣，上上次也是。」

「素莉是故意的嗎？妳覺得是嗎？」

女孩咬下一塊圓圓的義式臘腸，看著她。她幫女孩在杯子裡又倒了些可樂，還說如果不想回答，不用說也沒關係。因為這和已經聽到答案沒什麼兩樣。想必女孩是遇上麻煩了。

「阿姨，可是啊，那妳可以只聽我講就好嗎？什麼話都不要說。」女孩問。

她答道：「當然可以只聽妳說啊。」

對話一點一點地變深、變廣，推開不信任和恐懼之類的東西，自行擴大半徑。如果可以這樣說，她感覺女孩的心裡像是亮了一盞燈，感覺她們倆都在端詳彼此亮了燈的內心。女孩的心意和她的心意有多像呢？女孩的世界和她的世界有多麼不同？她偶爾會忘記和她對話的對象，其實是一個十歲出頭的小孩。

「阿姨，我說結頭菜啊，不能再救牠一次看看嗎？」女孩走出屋子時這樣問。

雨水滴滴答答的落下，她拿來兩把雨傘，給了女孩一把。

「要是結頭菜獲救，我可以養牠，只要跟我爸爸說說看就可以了。雖然爸爸說不行，但看到結頭菜之後，他也可能會改變心意嘛。」

「有可能嗎？」

「當然囉，結頭菜那麼可愛又漂亮。」

「好吧，讓我考慮一下。」她說著，並幫女孩把因抬頭望向自己而老是傾斜的雨傘扶正。

一週過去，來到了星期四。

雖然約定好會試著再救一次結頭菜，但這個約定不可能遵守了。她已經連續四天去銀杏樹空地出勤，把跟阿丸媽借來的兩個誘捕籠放在路口，然後坐得遠遠的，等待結頭菜。而女孩下課練完躲避球後，就會直接來空地。

有時候女孩會上氣不接下氣地跑過來，有時候則會躡手躡腳地走近，突然嚇她一跳，也有時候會遞給她不知從哪來的焦糖或糖果。

天漸漸越來越熱，即便過了正午，熱氣依舊氤氳未散。

等待的時間靜謐地流逝，但也不是完全沒有充滿活力、愉快的瞬間。有時候她會看著女孩獨自拍球，有時也會和女孩玩丟接球，也有時候會依照女孩的指示，用力把球丟給她。

今天女孩帶了一顆比排球還要小的球來，那是一顆朱紅色的球，表面帶有一些小顆粒，柔軟而有彈性。

「阿姨，妳把它丟給我，從那裡丟，要瞄準我喔。」

「用這顆球？」她問。

女孩馬上回答：「要用小球練習才能躲得更好啊，快點啦！」

她照著女孩的要求把球丟出去，接住女孩丟來的球，為了撿起滾走的球忙碌地東奔西跑，一下就流汗了。要是有人看到這副模樣會怎麼說呢？會說她是個無賴，使他人陷入悲劇，卻若無其事地享受生活嗎？還是會說她厚臉皮、沒血沒淚？

然而這一刻就只是這一刻，不是她過去所經歷的任何事的結果、原因和理由。時間不會筆直前進，如同生命的每個瞬間都不會跟隨因果的直線，如同她自己不能僅以一個面貌生活下去一樣。

也許這就是她在丟接球時學到的東西，不，搞不好這是女孩在不知不覺間教她的也不一定。

結頭菜有時會在中午過後來，也有時會在兩人收拾好籠子、準備回去時悄悄露面。結頭菜身旁總是少不了小黑。每當貓咪們出現，就會讓兩人停下手邊的工作，注視牠們。晚霞時分，遠遠地看見結頭菜的身影，兩人中斷了玩球。也許叫「玩球」並不恰當，因為她知道，這是女孩為了生存拚命付出的努力。

「阿姨，妳看得到那邊嗎？我是說結頭菜的嘴巴。我在網路上查過，據說那是口炎，貓咪很容易得這種病，搞不好牠的牙齒也要被拔光光。」

結頭菜在原地先是抬頭望了望拍球的世理，接著注視她，走向有飼料碗的地方。小黑在吞嚥飼料的結頭菜身後等待自己的順序。銀杏樹上傳來幾隻喜鵲齊聲啼叫的聲音。

遙遙無期的等待，一旦死心就會馬上失敗的嘗試。

她意識到自己再次介入了一件毫無指望的事情，女孩和她所做的這個行為，似乎和援救住在街上的那隻生病的貓毫無關連。

然而準確來說，在兩天後，結頭菜獲救了。當時接近傍晚，她暫時離開位置的那段時間，世理抓到了結頭菜。在她去附近便利超商借完廁所，買了兩罐沁涼的飲料回來時，守在空地世理一邊將嘴唇放在食指上，像是示意她不要太大聲，然後揮動著另一隻手跑過來。

「阿姨，妳不要嚇到喔。」女孩臉上帶著藏不住的興奮，壓低聲音道。

「為什麼？怎麼了？發生什麼事？」

女孩指向樹下的誘捕籠，誘捕籠上蓋著一條大毯子。

「阿姨，我救到結頭菜了，我抓到牠了！」世理低語。

「什麼？真的嗎？」

是真的。她一掀開毛毯，蜷縮的結頭菜就把兩隻耳朵折得扁平，露出虎牙。如同女孩所說，結頭菜的嘴簡直慘不忍睹，由於牙齦實在紅腫得太厲害，牠的嘴連閉都閉不上，胸前被流下來的口水染得濕漉漉的。從整體來看，黃白相間的毛接近於灰白。小黑在那樣的結頭菜旁邊若無其事地伸直前腳、要調皮，又小又柔嫩的粉紅色腳掌忽隱忽現。

「妳怎麼做到的？怎麼抓的？有沒有受傷？」

「我一點都沒有受傷，我只是把小黑放進籠子裡，結頭菜也想進去才抓到的。結頭菜稍微進去一點的時候我就用毛毯把牠推進去了，我很棒吧！」

女孩說著，聲音充滿了自信，感覺也有點神氣。怎麼會發生這種魔法般的事呢？看起來絕對不可能的事，居然轉眼間就這樣發生了。女孩的話令她難以置信。

「阿姨，妳嚇到了吧？是不是真的嚇了一大跳？」

「對啊，太不可思議了，妳真的好厲害，太棒了。」她對女孩說。

由於動物醫院位於有大片落地窗的建築裡，從外面可以很清楚看見裡面的情況，從裡面也同樣可以直接看到外面。她和世理提著誘捕籠，一走進醫院，人們就趕緊將自己穿梭於候診室的狗抱起來。

「您是第一次來我們醫院嗎？」櫃檯的護理師問。

她回答「是」之後，護理師又問了幾個問題，接著詢問貓咪的名字和症狀。

「結頭菜！結頭菜和小黑。橘色那隻是結頭菜，黑色的是小黑。生病的是結頭菜，牠的嘴巴好像很痛的樣子。」

回答都由世理負責。

護理師走出櫃檯，往誘捕籠裡查看了一會兒，然後面有難色地與她對視，一臉不太歡迎重症患者的神情。護理師又問了幾個例行問題後，留下一句「請稍等」，便消失在櫃檯後方。

她和女孩放下用毛毯包裹的鐵製誘捕籠，等待護理師。兩人像不速之客一樣，尷尬又不自在的沉默包圍她們。人們的目光小心翼翼地來往於她、女孩和鐵製誘捕籠之間。一隻狗走近，嗅了嗅鐵籠四周的味道。馬上就有一個人過來，迅速地把狗抱起來。狗在主人懷裡掙扎著想逃走，甚至開始呻吟、吠叫，另一隻狗也開始跟著叫，瞬間，整間候診室充斥著狗叫聲。

「是流浪貓嗎？」過了好一會兒才從櫃檯出來的醫生問道。

「對。」

醫生的表情一臉枯燥乏味，他走近誘捕籠，掀起毛毯稍微往裡頭看了一下，但那只是為了展現最起碼的誠意所做的舉動。醫生抬頭對她說：

「要在我們醫院治療可能很困難，牠的口炎太嚴重了，去貓咪專門醫院比較好。」

「還有專門醫院嗎？」

「對，因為我們醫院主要是看狗。」

「附近有嗎？」

「這我就不太清楚了。」

閉門羹，隱約的驅逐。她和世理於是提著誘捕籠離開。女孩不知所措，一言不發，只能用不安的眼神抬頭看著她。

「收那些沒病沒痛的動物，卻不幫真正生病的結頭菜治療，真的很生氣耶。有夠討厭的，這群神經病、大白痴。」

等到終於找到願意治療結頭菜的醫院後，世理才那樣喃喃自語。然而一和她對到眼，女孩的視線就像逃跑似地朝其他地方望去。那是憤懣、恐懼？還是剎那間湧上來的情緒？不對，也許是長久以來屏息在女孩內心的某種心情？

「結頭菜會沒事的，不用太擔心。」

她那樣說著，佯裝沒看到孩子彷彿馬上就會落淚的兩隻眼睛。

兩人好不容易才在看診時間抵達醫院。淡雅的候診室裡雖然擠滿了許多人，卻出奇寧靜。

散坐在候診室各處的飼主對她們二人不感興趣，似乎沒有多餘的時間和心思表示關注。他們各個表情沉重、嚴肅。是正在切身感受生與死、喪失與離別這種在平時不過是幻象的單詞的本質嗎？人們周圍肅穆的氣氛使她緊張起來，她伸直後背，把姿勢調整好。

「結頭菜的監護人，請進。」

終於輪到她和女孩了。兩人拎著誘捕籠走進診療室。

「來看看喔。」

一位戴著厚重眼鏡的醫生把誘捕籠放到桌上，然後慢慢掀起毛毯，依次露出把身體緊貼在誘捕籠盡頭、瑟縮成一團的結頭菜，與似乎略微害怕的小黑。狹長的籠子對兩隻貓來說，無疑是個窄小的空間，然而兩隻貓看起來一點都沒有不適。也不知道是不是因為牠們的體型還很小，不對，再看一遍後，發現小黑的體型比結頭菜要大上許多。

醫生戴上手套打開籠子的入口，然後把手伸進去，沒有一絲遲疑。她剎時間把頭撇了過去，但她擔心的事並未發生，不論是結頭菜還是小黑，都只是老老實實地待著。

「來看看喔，我先把牠拿出來。」

醫生喃喃自語著，熟練地把小黑先拿出來。小黑伸了個懶腰，然後在醫生的手上搓揉臉頰。

「這個小傢伙很喜歡人喔，你呢，先在這裡等一下。問題在牠，妳說牠叫結頭菜嗎？結頭菜，讓我看一下，別怕，來，醫生幫你看看。哎，你一定很痛吧。」

結頭菜的眼睛不斷閉上，因為不停與襲來的恐懼對抗，導致結頭菜現在幾乎精疲力竭，連露出虎牙威嚇的力氣都沒有。

「牠有好好吃飯嗎？以牠這種狀態，要吃東西應該很不容易。」醫生問。

女孩回答：「結頭菜很喜歡肉泥條喔，但是從前一段時間開始就不太能吃了。飼料也是，之前給牠飼料的話會吃一點，但現在都直接吐出來，還會這樣搖頭晃腦，像在發作一樣。」

「應該是因為嘴巴痛的關係，前腳這裡好像也受傷了，妳知道是從什麼時候開始的嗎？」

「一開始沒有這麼嚴重，至少在我冬天時第一次看到牠的時候。」

「上一個冬天嗎？準確來說是什麼時候，記得嗎？」

「嗯，好像是聖誕節附近，啊，不是附近，是那陣子。」

醫生檢查結頭菜身體各個部位，每當醫生的手觸及，隱藏的傷口就會清晰地顯露——耳後化膿的地方像快要裂開般地發腫；被壓扁的前腳毛髮到處打結，很是不堪；鼻梁上也有很多條裂成斜線的細長傷疤。

「怎麼會傷成這樣？」

「這個嘛，可能是貓之間互相爭奪地盤，也可能是人為造成的。這邊這隻腳上的疤痕像是以前在哪裡中過陷阱？這也並不罕見，討厭貓的人為了趕走牠們，什麼事都做得出來，牠們很可憐啊。」

醫生語音剛落，女孩就抗辯似地說：「為什麼？為什麼討厭貓？牠們什麼都沒做啊！」

「就是說啊，討厭牠們卻沒有理由，很讓人鬱悶吧？牠這個樣子能活到現在，真是奇蹟啊。」醫生喃喃低語，視線沒有離開結頭菜。

女孩的表情變得陰沉。

小黑不斷注意著誘捕籠裡的結頭菜，把臉探進去，還會一邊用前腳輕輕撐著誘捕籠，一邊發出低沉的叫聲，像是要讓結頭菜安心。結頭菜則沒有任何反應。貓咪們會知道正在發生什麼事嗎？能猜到為什麼會來這個地方嗎？小黑環顧桌子上方，似乎對滑鼠、原子筆、聽診器等東西很感興趣。世理一伸手，小黑就親密地磨蹭自己的臉頰。彷彿只要女孩張開臂膀，就會立即撲進懷裡一樣。

「雖然要先仔細檢查後才能知道，但牠口腔裡的發炎看起來確實滿嚴重的。不過牠現在很難馬上做手術，因為牠太虛弱，勉強做手術的話可能會出問題。」

醫生的手朝結頭菜的臉靠去，戴著手套的手熟練地撐開嘴巴，露出瘀血的牙齦。結頭菜毫不抵抗，彷彿已經徹底死心，只是緩慢的眨著兩隻眼睛。

「可是醫生，那結頭菜不能接受手術嗎？」世理問。

她無法決定是該把女孩帶出診療室還是放任不管，只好繼續等著醫生的下一句話。

「先讓牠住院，要等力氣稍微恢復後再做打算。這兩隻之前都是妳照顧的嗎？不過能做到這種程度真的算照顧得很好了。手術後打算和媽媽一起養嗎？」

「阿姨不是我媽媽，阿姨只是我的朋友。等結頭菜都好了，我會養牠。可是醫生，如果做手術，結頭菜就會好嗎？」

女孩的聲音微微顫抖，她按捺住想環抱女孩肩膀的心情，倘若這麼做，女孩定然會放聲大哭，而無力地躺著的結頭菜就會聽到女孩的哭聲，那個聲音會放大牠的不安和恐懼。她很訝異自己竟會這樣想，竟然認為動物，而不是人，蘊含著某種可以稱為情感或預感的東西，她對這樣的自己很陌生。

「先讓牠住院再看看吧。這個小傢伙您想怎麼辦呢？如果要帶回家，現在就先幫牠做基本的檢查；如果要留在這裡，我們就檢查完後再通知您。」在離開診療室前，醫生問。

她回答：「小黑也一起留在這裡吧，那樣應該比較好。」

盧恩雅小姐：

您好，我叫林海秀。

日前我曾透過崔慶鎮律師數次聯絡您，不知您是否記得。因為已經有一段時間了，您可能會覺得很突然。

雖然這可能是一個無禮的請求，但我還是希望能和您見面，才寫信給您。

在這樣聯繫您之前，我苦惱了很久，但我還是認為當面告訴您才是對的。您可能會懷疑「事到如今，這麼做有何用意」，我想也不是沒有道理。您也可能會覺得很噁心。不過我沒有其他意思，也沒有任何目的。

只是我有些話想當面跟您說。希望您在百忙之中能抽空和我見一面，哪怕只是一下子也好。

老實說，最初發生那件事的時候，我透過律師她在深夜看電影。

電影的第一幕是這樣開始的。

一位看起來像是中年的婦女正把行李放上廂型車的後車廂，後車廂裡沒有冰箱、餐桌、床等需要很多人投入才能搬動的大型家具，只有幾個大小差不多的紙箱。廂型車的後面隱約可見到一幢雅致的鄉村別墅和積雪的平原。那個地方是冬天，而且還是嚴冬，一個被寒冷占領的世界。忙著搬運紙箱的女人嘴裡冒出白色的氣息，露在毛帽底下的女人的耳垂凍得通紅。

「現在離開嗎？」

不知從哪傳來踩在土路上的腳步聲，一名男子朝女人走近。男子的年紀比女人長，女人一邊把放在地上的箱子一個個抬到車上，一邊點點頭。起風了，遠處傳來狗叫聲，男子默默地開始幫忙女人，最後一個箱子看起來又大又重，得兩人合力才搬得起來。

「決定好要去哪裡了嗎？」男人問。

女人回答：「當然。」

兩個人面對面站了一會兒，用平淡的表情短暫地端詳彼此的眼睛後，握了握手。這場告別簡單而平淡。車子出發，女人離去，男子則留在原地。

畫面轉換。

篝火周圍聚集著人群，他們的車都停在稍遠的地方。他們沒有家，到哪都載著最基本的生活必需品，然後住在車上。若是需要錢就打工，每天尋找可以安全又安靜地過夜的停車空間，浪跡天涯。他們在公廁洗澡，在投幣式洗衣店洗衣服，也會與初次見面的人說笑，傾吐自己的祕密，知道如何戰勝孤獨。他們證明了就算是用這種方式，也完全可以活下去。

鏡頭稍微特寫了一下人們凝視篝火的表情。在燒柴聲、說話聲、風聲、鳥鳴聲、低沉的哼唱中，女人保持著沉默，女人似乎陷入了沉思。

攝影機進入不了的一個人的內心，絕對到不了的他人的時間。

女人的雙眼注視著燃燒的火焰，是在看什麼呢？那位中年演員真正想要觸及的女主角的真實面目是什麼呢？說不定那個演員是在凝視自己？難道不是在自己漫長的生命中，準確找出了現在緊縛住那個女人的情感？

因此，也許她同樣不僅僅是在看一部電影。她在這部電影、從女主角身上，以及飾演女人的那位演員身上在看什麼，想看什麼呢？

「很冷吧？要不要喝茶？給妳一杯？」

一名身材高瘦的男人請大家喝熱茶，女人也用自己的不鏽鋼杯接了一杯茶。攝影機慢慢地後退，拍攝女人的背影。女人坐在一張小露營椅上的背影逐漸變小，直到看不見。

還有這麼一場戲。

那場戲中，女人戴著一頂小得誇張的衛生帽在工作。充滿白色磁磚和銀色不鏽鋼料理器具的廚房，簡潔到冰冷的程度，每個人都安靜且快速地動作。鬧鐘一響，就有人從大型烤箱裡取出食物，還有其他人在燻煙裊裊的烤架前努力地烤著肉。女人在洗著不斷湧進大型水槽裡的碗盤，雙手在滿是泡沫的水槽裡忙碌地動作。

休息時間，女人和大家一起在大型廚餘桶前抽菸。

「不覺得很好笑嗎？我想都沒想到這裡的餐廳廚房竟然會這麼大。誰會知道一間不需預約的餐廳會有這麼大量的食材啊？就算發生戰爭，這裡應該還是屹立不搖吧。爆發戰爭的話，我們就聚到這裡來，在死之前大快朵頤，吃肉吃到撐破肚皮吧。」有人說。

其他人回：「我都不知道人類每天晚上會這樣不停地把肉給吃個精光。天啊，以前的我不就是其中之一嗎？」

摻雜自嘲的玩笑中夾雜苦澀且疲憊的笑聲。女人大大吸了一口濾嘴，菸頭燒得通紅。

「要不要我也來說一個新發現？之前我都不知道洗碗後抽的一根菸是如此美味，這麼好的事情為什麼都沒人告訴我呢？」

女人也懂得說那種話。她不知道女人以前是什麼樣的人。女人經歷過什麼樣的生活，女人的生活是從哪裡開始、怎麼被改變的，女人如何接受已經變了的現在的生活，這一切都讓人一頭霧水。電影對那種事情沒有興趣，這部電影不是在講關於那種事情的故事。

電影換到下一場，女人在開車。

一條柔和蜿蜒的四線車道綿延在女人眼前，那裡誰都沒有，只有女人自己。女人的車緩緩向前駛去，可以稱之為風景的地方都被覆蓋在雪中，白得嚇人的雪白色吞噬掉其他所有的顏色。

車子停在一個看不見盡頭的原野正中央。

女人熄火，把駕駛座的椅子往後傾，然後閉上眼睛，似乎是在休息。太陽正在下山，四周都變黑了，過了好半天，女人才從廂型車後座拿出一個小小的手提燈，然後在車子後方蹲坐下來小便，之後大步地走了起來。

手提燈的燈光不時照亮的前方空無一物，一棵常見的樹都看不到。沒有高度也沒有寬度的黑暗。女人勇敢地走著，猶如在尋找什麼、或是有目的地。女人的步伐沒有一絲躊躇和猶豫。最終，女人佇足在黑暗的中央，站在那裡，呆呆望向前方。

攝影機停留在女人身後，攝影機不展示女人的臉，只是固執地注視著女人幾乎沒有動靜的背影。忽然，畫面中女人周圍的事物向她襲來，一切感覺如此生動。畫面背後的風和氣溫，聲音和味道，一下子將她淹沒。

女人是在哭嗎？

女人是在哭。在不知道為什麼突然流淚的情況下，在無法接受為什麼幽沉的抽咽會擴大成痛哭的情況下，她可以確定。在這一幕中沒有敘事，也沒有能觸動情感的感觸、悲傷，任何戲劇性的元素都沒有留下來。但女人為何放下原本緊緊抓住的自己？

所以哭的不是坐在沙發上看電影的她。她不哭，哭的是畫面中的女人，是她素昧平生、也不會見到的電影中的某人罷了。

再次換一個場景。

盧恩雅小姐：

您好，我叫林海秀。

我曾透過崔慶鎮律師聯絡過您幾次，不知您是否還記得？您最後對律師說的話，我事後已輾轉聽說，說您不希望再接到任何與這件事有關的聯繫。

即便如此，我還是再次聯繫了您。

我明白您可能會感到很突然，但我還是想親自與您見面。這件事已經過了一段時間，而且不是什麼令人高興的事，這些我也很清楚。也無怪您會懷疑其中有不純的動機。但我可以保證沒有動機這種東西，要是有的話，我就不會不透過律師，這樣親自聯絡您了。

希望您能抽出一些時間給我，哪怕只有一下子也好。

請告訴我您方便的日期和時間，我會去您所在的地方。那我就等您的回覆。若您有

任何顧慮

她每天會去一次動物醫院。

偶爾會去兩次，多的話，有時也會去到三次。從住家到醫院走路大概三十多分鐘，光是走十分鐘，額頭就冒汗了。而且她經常忘記要擦防晒，在那種日子，就會因為過敏紅腫而睡不好覺。所以現在，她出門會帶陽傘。

「獲救的小貓現在怎麼樣了？狀態有好一點了嗎？」

阿丸媽偶爾會傳訊息來關心，只要收到訊息，她就會回答「牠正在漸漸好轉」、「感覺很快就會康復了」。這是在說謊，對結頭菜來說，並沒有特別的好轉。

乍看之下，躺在正方形住院病房的結頭菜似乎比在街頭流浪時舒心多了。先前因為塵土使得顏色近乎黑灰色的毛也正在找回原本亮橘的顏色，濕漉漉的嘴角和各種大大小小的傷口也慢慢在癒合。戴著防舔頭套打點滴的結頭菜看起來像是平靜地睡著了。

但這只是看得見的，在這裡，那種東西行不通，因為這裡是將隱患揭露出來的地方，是診斷現在看起來好端端的東西背後沒有希望的地方。搞不好就像世理所說，醫院不是在治療什麼東西的場所，說不定這個地方不過是讓你看一些看不見的東西，聽一些聽不到的聲音，最終宣告大家都避而不談的最後的場所。

「這個嘛，因為牠身體本來就很虛弱，所以復原得較慢。我們持續在幫牠打點滴，再等等看吧。總之以現在這個狀態，就算做手術，也很難期待有好結果，畢竟還要打麻醉，對身體會有負擔。牠的身體狀況得回升到能夠承受這種負擔才行，就再觀察幾天吧。」

她能做的事很少，觀察躺在住院病房的結頭菜，然後聽醫生說結頭菜沒有變化的狀態，就這些了。醫生像是安慰她般地又說了幾句後便趕緊離開，因為醫院裡不斷有生病的動物進來。

她不知道世理什麼時候會來醫院，來了又會待多久。女孩要求的話，她就會和女孩一起來醫院；女孩沒有要求的時候，她就自己來。她無意給孩子壓力，儘管如此，她還是會在事情結束後到候診室坐著，打發一下時間，用這種方式等世理。

星期五下午，她在醫院前偶然遇到了世理。

「阿姨！」

當她回頭時，女孩就把書包換邊背，跑了過來。

「阿姨，我買手機了！」

女孩從口袋裡掏出一支比自己的手要大上許多的智慧型手機，手機桌布是一張五彩繽紛的彈珠照片，不，再看一遍，是冰淇淋。冰淇淋後面有一隻孩子比V字的手，和一隻比那更大隻的手，指甲上塗了杏色指甲油，似乎是女孩的母親。

「真的嗎?可以借我看一下嗎?看起來很不錯耶，世理，太好了。之前妳還因為手機壞掉很難過。」

「是啊，這次我一定會超級小心，這個真的很貴。」

女孩用T恤擦了擦手機，熟練地放回口袋中。

兩個人並肩走進醫院，門才剛打開，世理就呼喚小黑的名字。曾經逃出病房好幾次的小黑，已經可以隨意在醫院候診室穿梭，和醫院裡飼養的狗似乎也處得很好。女孩做個手勢，小黑便向她示意，並走過來磨蹭臉頰。但僅此而已，小黑的注意力馬上轉到了其他人和其他動物身上。

小黑似乎對這個人來人往、充滿新事物的陌生世界很是滿意。

「阿姨，我之前以為結頭菜是男生，然後小黑是女生，妳呢？」

結頭菜靜靜躺在透明的住院病房裡，就算女孩揮手也沒什麼反應。

「這個嘛，我沒想過性別耶。」

「沒想到結頭菜是女生，小黑是男生！簡直是大逆轉。不過啊，之前我以為牠們至少已經超過一歲了，但是醫生說牠們才十個月大，我真的超驚訝的。還是九個月？總之牠們超小，根本就是嬰兒！」

竟然說是嬰兒。她聽到這句話後綻開了笑容，女孩只顧著看結頭菜。十歲大的女孩和八個月大的結頭菜，誰更小呢？這些孩子的處境對幼小的他們來說妥當嗎？若只看眼下的情況，這些孩子似乎比她還更像個大人。

向結頭菜揮手的女孩手掌上有一道傷口，一個磨破皮、紅紅的疤痕。左手肘上留有一條長長的傷痕，而手腕上的瘀青則清晰可見。

「妳的手掌怎麼這樣？受傷了嗎？」

「對，練習到一半跌倒了。」女孩的表情略微僵硬。

她回想起孩子們把世理逼到牆邊，對世理冷嘲熱諷、威嚇箝制、催促和逼迫的模樣；把世理趕到球場中間，然後將球傳到外圍，享受威脅性節奏的表情；以及世理被腳步聲、說話聲和笑聲包圍的心情。

她想說，她不會放過那些心懷惡意的孩子，想和女孩約好，說自己會去找他們，然後狠狠訓斥他們一頓，讓他們不會再有下一次。但她並沒有那麼做，她選擇等待，等到女孩說更多之前，直到女孩想再開口為止。

「阿姨，不過妳知道我為什麼買新手機嗎？」

兩人走出醫院時，世理問道。女孩咬著糖果，臉頰的一側鼓鼓的。

「因為之前那支手機掉進馬桶了？」

「不是，本來想送修的，但買了一個新的。」

「是嗎？那我就不知道了。」

「現在預賽要開始了，好像是下禮拜……不對，是下下禮拜！我說躲避球。媽媽說到時候會來，所以才買這個給我，當作為我加油的禮物。」

「是嗎？」

「阿姨，妳沒看到嗎？學校前面掛了一個超大的橫幅布條耶。」

陰沉的天氣正在放晴，熾熱的陽光照射下來。她將此視為一個好兆頭。

「是嗎？我沒看到耶。上次我不是答應妳了嘛，說好不會去學校了。」

女孩的臉上泛起笑意。

「妳的目標是得冠軍嗎？」她問。

「不是。」女孩嘴唇用力，故作冷淡地抬頭看她，又補了一句：「這是祕密。」

天氣預報說梅雨季即將來臨，已經不知道是第幾週失準了。

星期一上午，她在餐廳一角找了個可以直接看到門口的座位坐下。這天天氣很晴朗，透過落地窗可以直接看到明亮的街景。

星期一上午，是內心充滿決心和意志而變得堅強的第一天；一個忘記前一週的失敗和過失，適合重新出發的時刻；一個點燃希望與期待的時間。

她對和泰柱見面安排在這種星期一上午沒有任何不滿，畢竟現在他們之間的關係不再緊張，沒必要在一切都付諸於情感的週末見面，而且他們之間再也不能低聲細語地告訴對方彼此亟需的安慰或鼓勵。

遠遠地，泰柱開門走進來。

「什麼時候來的？很早到喔。」

「剛到不久。」

兩個人佯裝沒察覺彼此的尷尬，自然地打招呼。店員拿著菜單過來，由她負責點餐。飲料先上桌後，泰柱便幫她把飲料倒進玻璃杯裡。兩人的動作是那麼地有條不紊，彷彿絕對不會讓場面出現彆扭的瞬間。

他們就房子的事情談了許久，內容主要和分配有關。兩人對於那件很早就達成協議的事沒有異議，問題在於時機，他們曉得，現在這個狀況只能等了。越線的關心、不合理的懷疑、拋卻不了的私欲和始終不及私欲的利他之心。兩人非常小心地不讓那些東西突然蹦出來。

餐點上桌後，換了個話題。

「中心的工作呢？決定怎麼做了嗎？」

「還沒。」

泰柱用吸管攪動著飲料，冰塊在杯子表面互相碰撞，發出哐啷哐啷的聲音。

「妳不是說要和李代表商量？我還以為妳復職了。」

「那是中心的決定，我只是被通知而已。我已經要求他們提供決定過程的相關資訊了。我也打算聽聽他們對曹敏英那個女人說過的話怎麼解釋。」

她險些要爆粗口，被曹敏英背叛的感覺又湧了上來。她用餐刀切開厚三明治，刀鋒將三明治劃成兩半，歇斯底里地刮過餐盤表面。泰柱看著她，彷彿在提醒她，但她並不在意。

「沒必要那樣，從李代表的立場來看壓力也很大吧，至少也該替他著想一下。諮商中心也不是只有那一家，妳那樣一直逼自己不太好，對妳沒有好處。」

「現在還有什麼是對我有好處的嗎？」

「沒有的話從現在開始創造就好，妳可以做到的。」

要我創造什麼？要怎麼做？做多少？她把那些問題嚥回去。畢竟自己不是為了聽那種煞有其事的安慰才坐在這裡，那種安慰誰都會說。而且也沒必要再次提醒自己，在遠遠的地方說這種如釋重負的忠告的人，曾經是自己的配偶這個事實。

「妳要實際一點，該接受的就接受，該忘的就忘了吧，這樣才能重新開始。」

她嚥下「那你接納了什麼、忘了什麼、又開始了什麼新的事情」等質疑。泰柱的話不能聽得太認真，否則她會很想曲解、追究、挖苦、挑釁。

「人生在世，誰都會遇到一次難關，就把它想成是那種時期吧，雖然應該不容易，但等時間過了之後，一定會有收穫的。這句話不是妳在諮商時常說的嗎？」

這男人今天為什麼話這麼多？那番話終究推翻了她的耐心。她問「為何偏偏要在這麼煎熬的時期毅然選擇分手，理由是什麼？」雖然沒有講得這麼明確，但泰柱很快就聽出言下之意。

「別再說這些無謂的話，這個問題和那無關。」

泰柱的嗓音低沉地劃清界線，卻讓她的嗓音變得更大了。

「不，當你說出那句話的瞬間，這個問題就和那有關了，如果你有為我著想，就算只有一點點，至少現在就不會以這種方式撕破臉了。你只是討厭而已，討厭看到其他人嘀嘀咕咕地談論我和你的樣子。想也知道你一定覺得很煩，懶得到處跟人解釋為什麼你那個整天把什麼道德、禮貌啊掛在嘴邊的老婆，會犯下那麼離譜的錯誤。還要我再繼續說嗎？」

「這件事和那個問題沒有關係，不要把它們混為一談，這和妳想得不一樣。」

「是嗎？那你說說看啊，不要只說很累或很煩那種話，說出真正的理由啊。」

「夠了，我不是來和妳吵架的。」

「拜託你，能不能誠實一點？」

「誠實？要我誠實什麼？」

「哪怕一次也好，說話乾脆一點，不然至少承認我說的話都是對的。說實話讓你很害怕嗎？事到如今還有什麼好怕的？」

「我不知道妳到底想從我這裡聽到什麼，但都結束了，再扯它也沒好處。」

對話飛快的進行，泰柱退一步，她便向前靠近，兩人的距離既沒有拉近，也沒有拉遠。當衝突達到頂點時，兩人先前看到膩煩的彼此的底線似乎就要顯露出來——對對方的激烈憤怒、猛烈的指責、不知疲倦的攻防戰。在那底下還留有那種感情嗎？不，真的還留有一絲那種痕跡嗎？

她的好勝心湧了上來，在那之中不是只有怨憤和責備的情緒，顯然也含有某種近乎哀怨和懇求的感情。

「你不認為我們有必要開誠布公地談一次嗎？不覺得我們在星期一上午，像那些做生意的人一樣穿得整整齊齊地坐在一起，嚼著不喜歡的三明治很可笑嗎？」

「什麼不喜歡？我很喜歡三明治。」泰柱面無表情地看著她，又補了一句：「只是妳不知道我喜歡什麼而已。」

這句話令她啞口無言。這時店員過來幫他們在玻璃杯中加水，兩人默默地專注在用餐上。萵苣、義式臘腸、橄欖，她默不作聲，把那些東西一個一個夾起來吃。

泰柱的忠告有其道理，至少在他的立場有自己的理由。泰柱的決定是他的事，不是她可以干預的問題。她不是不明白。

過了好一會兒，她才提起另一個話題。

「你最近如何？一切都好嗎？」

她打起精神，試圖像初見面般重新開始對話，泰柱則欣然回應。兩個人互相問候如今已毫不相干的各自的家人，確認日常，無能為力地注視著宛如直線般整齊延伸的對話。

嚴格來說，也許她和泰柱之間的關係與她所經歷的事件無關，搞不好那個事件不過是在兩人之間留下細微的裂痕，卻提供了藉口，讓他們裝傻、低估、漠然置之的無數個問題爆發而已。

「對了，這個，我只帶了重要的東西來。」

用餐快結束時，她把帶來的東西遞過去。是一個購物袋，裝著泰柱的日記和相簿、畢業證書和委任狀之類的。

「我就說不用非得帶來了。總之，還是謝謝。」

泰柱簡短地回答後，仔細看了一下手錶，似乎想先起身離開。

「下次來找我諮商，我是指以後，如果你有什麼困難。」

她忽然從蹦出這句話。泰柱弓著腰起身，用一種猜不透的眼神看著她。

「你不用對我解釋那麼多啊，因為我很了解你，很節省時間。至於諮商費嘛，可以算你便宜一點。」

她努力想讓自己笑得自然一點。

當然，那種事是不會發生的。泰柱的生活正在遠離她，前往未知的領域，如果他碰上什麼困難，也會是在她不知道的地方發生。她對泰柱將會越來越陌生、一無所知，而兩個人的生活也將漸行漸遠，沒有任何交集。

泰柱起身先行離席，沒有一點反應和一句招呼，像懲罰她一樣把她留在那裡後，離開了餐廳。

周賢：

天氣越來越熱了，妳過得還好吧？

我應該跟妳提過，最近在抓一隻生病的貓？不久前終於抓到了。我要抓的時候怎麼也抓不到，但社區裡的一個小孩一次就成功了。是不是很神奇？小孩說她只是趁貓咪走進籠子裡時稍微把牠推進去而已，到底怎麼辦到的？之前我嘗試的時候都失敗了。

不曉得妳知不知道，貓咪激動起來真的會變得很凶狠，很難接近牠們，不過那孩子竟然那麼輕易就把牠放進籠子裡，越想越覺得神奇。也讓我不禁思考，也許那隻貓是想活下去吧？應該是為了求助，才自己走進籠子裡的。

那隻貓現在在醫院，最近我每天都去看牠。牠的病情幾乎沒有起色，醫生說就算牠下一秒死掉也不足為奇。當然醫生沒有說得這麼直接。總之那隻貓還活著，有時我覺得牠不僅僅是活著，感覺也像是非常努力想要活下去一樣，也許這就是為什麼牠可以一直活到現在、沒有死的原因。

我也不懂為什麼我會做這件事，也不知道我是不是真的救了那隻貓、是不是在幫牠。妳聽到這種話，一定會叫我先幫幫我自己吧，搞不好還會說我是在拿貓當藉口，逃避自身的問題。

周賢，我聯絡過「那個人」的母親，朴庭基先生的母親，我寄了電子郵件，也傳了簡訊，但沒有回應，感覺應該不會有回覆。要是當時和妳一起去福祉館時有做些什麼的話，會好一點嗎？我應該要表明身份、跟她謝罪，或是隨便說些什麼都好嗎？

但當時我能說什麼，怎麼說呢？我什麼都沒準備好，我能說什麼？真的有什麼是我可以說的嗎？

在結頭菜的臉上，最令人印象深刻的是牠的眼睛。

結頭菜只要睜開眼睛，包著漆黑瞳孔的翠綠色虹膜就會變得很明顯，突起的眼珠貌似玻璃彈珠，有時也感覺像閃爍的行星。多虧橘黃色的毛像面具般包住兩側眼角，結頭菜看起來很滑稽，但鼻梁旁的大花斑讓牠看起來也像隨時在打壞主意。

「結頭菜，你還好嗎？」

今天結頭菜的狀態還不錯。前幾天牠都無精打采的躺著，今天卻端坐著抬頭看她，還用舌頭舔自己的前腳，用後腳搔耳朵。牠打呵欠時，嘴角是乾燥的。似乎已經戰勝了一些之前不斷折磨自己的痛苦。

她把臉貼在住院病房的玻璃上和結頭菜對視。結頭菜慢慢眨眼睛，一個間接但明確的善意的表現。她鼓起勇氣，把食指伸入圓形通氣孔。結頭菜不但沒有受到驚嚇，還靠過來聞了聞味道，並將鼻子貼近她的手指。結頭菜是知道的嗎？知道她為何把自己帶來這個地方、來這裡做什麼，牠終於理解了嗎？

她偶爾會忘記其實結頭菜只是一隻動物，不，當人們叫牠動物、喊牠禽獸時，就擦除不了這個單詞裡隱含的意義很膚淺又有限的想法。而與結頭菜省略語言的交流，給她帶來奇怪的安全感。這是在過去那個充斥著無數話語、嘈雜喧鬧的世界中所感受不到的情懷。

——理解與共鳴，安慰和包容。

那些東西只有在這徹底的沉默中才有可能發生嗎？

她從未對任何與說話有關的事感到恐懼。她曾深信自己通曉說話的世界，認為一個人在說明、解釋、反駁、同意、坦白的同時，會準確地表現出個人看不見的內心世界，而且有信心能透過這種方法看穿所有人的心。

接著她意識到，自己不過是個被氾濫的話語所包圍，肆意浪費不必要言論之人，而且從來沒有想像過自己說的話是在何時誕生，如何生活，又在哪裡迎來死亡。

「您來啦？今天結頭菜的狀態還不錯吧？牠目前時好時壞的，我們再觀察一兩天後決定吧，因為有的時候好了一下子後又會突然惡化。」

醫生大聲和她寒暄，之後便點個頭，馬上走向診療室那端。

她在醫院裡又待了一會兒。醫院裡的九個住院病房都住滿了動物，其中兩隻是貓，其他都是狗。結頭菜的隔壁間住了隻花貓，花貓戴著紅項圈，指甲大小的吊牌上寫著「慎吾」，慎吾，似乎是貓咪的名字。

她慢慢觀察動物們的狀態。

一隻穿著尿布的馬爾濟斯吠個不停；另一隻哈巴狗則氣喘吁吁，不斷打噴嚏；還有一隻貴賓犬枕著磨牙棒，無力地打瞌睡。她一揮手，狗就搖著尾巴對她做出反應，也有一些狗吐著舌頭在原地不停地旋轉，難掩興奮之情。

在她看來，這裡的動物似乎都沒有像結頭菜那樣，狀態如此嚴重，最起碼這些動物都有主人，這代表牠們在治療結束後，有能夠回去的地方。當她走出住院病房時，發現結頭菜又無精打采地躺著，即使向牠揮手也沒有任何反應。

雨連續下了幾天。

天氣預報說這次梅雨季將會是有史以來雨量最少的，看來似乎不準。雨像在嘲笑即時修改的預報一樣，下下停停。

第二天下午，她去超市。超市裡擠滿了外出避暑的民眾。她先在展示家電產品和家具的三樓繞了一圈，然後下二樓，那裡入駐了日常用品和化妝品賣場。運動用品和寵物用品賣場則在地下樓層。

她挑了一雙藍色的護膝和護肘，也決定買一組紫色髮帶。接著又馬上移動到有寵物用品的展示架。各種不同大小的飼料、五花八門的包裝、成分與味道各異的零食，還有各種不知道要用在哪裡、該如何使用的裝備與小巧的玩具。

「有任何需要請跟我們說喔。」整理展示櫃的店員制式化的說。

她仔細看了看帶有羽毛的棒子和魚娃娃，以及會發出聲音的鈴鐺球和軟坐墊等物品，然後向店員搭話。

「請問一下，只要買這裡的東西給動物，牠們就會自己拿來玩嗎？」

正在將物品補到展示架最下方架上的店員抬頭看她，問：「是狗還是貓？」

「貓。」

「您第一次買玩具嗎？」

「對。」

店員支起身體後把手套脫掉，然後以掛有人氣商品標示牌的產品為主進行簡短的說明。對她有幫助的內容大概就是貓對產品的喜惡，會根據牠們的年齡、個性和愛好有所不同。她對結頭菜所知不多，就連以現在來說，結頭菜是否能從這類玩具中找出自己的愛好也是個疑問。搞不好結頭菜得不到那種機會也不一定。

「養動物也和養小孩一樣，都不知道有多辛苦。您養貓嗎？」店員問。

她回答「對」之後，又挑了幾個玩具：帶有紅色羽毛的棒子、會發出鈴鐺聲的軟球、魚模樣的玩偶。就算全部加起來也不超過一萬韓元。

「吊牌拆除前都可以退貨。」

店員低聲這樣告訴她。她轉身後，店員又說：

「當然要換貨也可以。」

學校在市場附近。

走過狹小複雜的市場巷弄後，就會出現便利超商和文具店，然後看到畫有花和樹木的牆垣。從那裡開始，就是另一個世界了。原本環繞市場的噪音、味道等東西變成完全不同層面的風景。

「開開心心！快快樂樂！大家的躲避球運動會！」

正如世理所說，校門前掛有一幅大型的橫幅布條。也有其他像是「充滿愛與智慧的學習園地」、「本區禁止停車」、「校園周邊安全保護你我的孩童」這種布條。還看到用紅字寫的布條：「校園暴力預防日」、「校園暴力主動通報和受害通報期」。

「有什麼事嗎？」守在校門前的警衛問。

她和其他人一樣，回答自己是來為躲避球比賽加油的。警衛像是在說可以進去一樣，點了點頭，看來以為她是家長。她和其他看起來像是家長的人一起找了個位置坐下，就在塵土飛揚的運動場一隅，一棵大櫸樹下方。

來看孩子的大人不到十個，也許是因為現在還只是預賽吧，在運動場任何一個地方都很難看到熱烈的氣氛。來觀賽的人低聲叫喚孩子的名字，朝他們揮手、拍照；也有人害羞地揮動長長的加油棒和親自製作的手舉牌；還有幾個人快速地尋找孩子的班導師，然後悄悄上前打招呼。

她拿不定主意該怎麼做，只好留在座位上。當下的情況很難判斷是否可以把護具、髮帶和飲料這些東西交給世理。她沒有把握女孩看到她會如何反應，也無法預料那會給這場比賽帶來什麼影響。於是她等待，決定等待。

今天的比賽不是在塵土飛揚的運動場，而是在青翠的草地上舉行——孩子們在自己練習時從未被允許使用的場所。深綠色草地上的白色球場很是顯眼。哨聲響起，坐在階梯上待命的學生們跳下來，其他坐在階梯上的孩子拍手吶喊，迸發出一陣清新又充滿活力的噪音。

藍色隊服和黃色隊服毫無秩序地混成一片後快速分開。她目不轉睛地追尋寫有四年二班字樣的黃色T恤。

世理在那裡。

世理的身影在奔走的孩子們之間忽隱忽現。她又往前走了幾步。女孩沒有回頭看她所站的方向，也沒有望向一群加油的孩子們聚集的階梯。女孩的目光停留在自己所站的位置。

比賽開始。

其實也不算比賽，在她看來，比較像是孩子們無聊的球類遊戲。那裡沒有專門的知識、高度訓練的技巧和縝密的戰術，孩子們只是跟著傳來傳去的球，從這邊往那邊一窩蜂地結隊移動。當球從對方陣營飛過來時就一個勁兒的蜷起身體；等到自己的隊員拿到球，就意氣風發。那裡沒有讓實力或才能介入的空間，球來得又急又快，只能完全依靠偶然。

快速變化的白色躲避球依序瞄準孩子，把他們送出球場。觀看比賽的大人們低沉的嘆氣聲不絕於耳。被球擊中的孩子移動到對方的球場外圍後，就幫助自己的隊伍進行攻擊。留在場上的孩子越少，助陣就越激烈。坐在階梯上的孩子們喊著朋友的名字、拍手、吶喊。

但她在思考其他事情。

生活，生計，職場，諮商。她在思考應該要工作的事。過去一年多來她是靠離職金、失業補貼和積蓄生活的。如果每天什麼事都不做，一年的時間是算長，還是短得離譜？不論是長是短，她很清楚現在已經快達到極限了。不只是錢的問題，而是她沒有自信再繼續看自己與世隔絕，越來越迷失自我。

不能再這樣下去了。

「您是來加油的嗎？」站在一旁的女人走近問她。

見她點頭，女人又問：「是幫哪一班加油呢？我的小孩是五班。」

「我是二班。」

「我家小孩說二班厲害的同學很多，練習賽時從來沒有贏過。看來奎仁他們班今天可能又要輸了吧？」

她沒有回答，而是輕輕笑了笑。

球場內大概剩下四、五個人，擔任裁判的老師吹哨，暫停比賽，然後把孩子們召集起來，說了些什麼，似乎是在警告他們一樣。老師指著世理和另一個孩子又說了些什麼，兩個人彼此朝不同方向低著頭，一言不發。

那個孩子是素莉嗎？是仗著自己受朋友歡迎、找世理麻煩的那個孩子嗎？但真相不可能那麼單純，世理的真相和素莉的真相恐怕在各自不同的方向磨拳擦掌、蓄勢待發。

比賽重新開始。

球再次繞圈，又恢復熱鬧的氣氛。我這邊和你那邊，我們自己人和你們那隊的劃分愈趨堅定，所有人為了獲勝，都開始專注。無論是參賽的孩子還是加油的孩子，都為了不吃敗仗，卯足全力。

遠遠望去，可以感受到純真又多少有些迫切的心情。也許這就是所有比賽所具備的性質；說不定是體育的本質——必須分你我，互相攻擊並打敗對方才能分出勝負。孩子們是在哪種興奮和熱情中，如此自然地體驗野蠻又盲從的時刻呢？

世理的身體失去重心，幾次差點跌倒。她看著這樣的世理，跟著一起忐忑。然而世理身手敏捷，純熟地避開球。存活下來的三個孩子裡，世理是其中之一。然後終於，世理接到了球，對方球場內只有一個人。世理雙手抓著球，小心謹慎地走近中線，女孩的模樣盡顯緊張之情。

可以結束比賽的一擊，可以獲勝的機會。

無奈女孩卻意外地失掉了球。球從世理手中滑出來後掉到地上，無情地滾到了對方的球場。另一隊的孩子迅速上前把球截走，隨即將球丟出去。球打中在中線前猶豫不決的世理右邊的肩膀。

盧恩雅小姐：

您好，我叫林海秀。

我曾透過崔慶鎮律師聯絡過您幾次，不為別的，是有話想直接當面跟您說。還請您在百忙之中抽一些時間給我，哪怕只有一下子也行。

我知道您曾經表示不希望再接到任何關於這件事的聯繫，但我不是為了非要您說些什麼，也不是想商量或談判，或是有什麼請求。我只是想說說我的事。

我在節目中所說的話很不恰當，但我絕非帶有惡意。在拿到腳本之前，我連有那種爭議都不知道。第一次拿到那個腳本時，我沒有深入思考，當時我星期三下午，她離開家。

開車一小時的距離，但考慮到回程，她決定搭大眾交通工具。因為回程時的心情不可能和現在一樣，勢必會受到一些損傷。屆時她必須拖著自己破破爛爛的心情回家，她無法預料那個心情的重量和狀態會是什麼程度。

她步行到地鐵站，下了地鐵後轉乘公車。她不慌不忙的走，步伐沉穩，所以看起來像是在享受悠閒時光。

她抵達的是一間位於住宅區的咖啡廳，咖啡廳沒有招牌也沒有照明，從外面看就像一間平凡的住宅。然而穿過大門後，一個寬敞的院子和好幾張原木餐桌便映入眼簾。與其說是院子，反而比較像庭園。精心培植的花圃和清香的庭園樹木吸引了她的目光。

她走進室內，然後在一個能看見外面的窗邊找了個座位坐下來。擺滿大型盆栽的室內瀰漫著青草的氣息；在店的中央，有一棵樹穿過天花板長了出去，頓時營造出一種雄偉沉穩的氣氛。

她等待的對象準時抵達——盧恩雅，朴庭基的妻子。那時她剛喝完杯中剩下的咖啡。

「林海秀小姐？」一個人走過來問道。由於女人平直的肩膀和端正的姿勢，女人看起來比實際身高還要高，年紀也不顯老，可能是因為亮色系夾克的關係。

「初次見面，您好。」

她反射性地起身打招呼。女人把包包放到椅子上，喚了店員後，就在她對面選定一個位子坐下來。位子離她不遠也不近，恰恰能細膩觀察到她的表情。她正視女人的臉，一點誇張的感覺都沒有，從眉形、肌膚色調到口紅的顏色，一切都很自然。女人每動一下，都會散發隱約的橙香。

相對而坐的兩人視線不在同一條線上。兩杯咖啡上桌，女人啜飲一口咖啡後，像是做好準備般，和她對視。

「謝謝您抽空前來。」她說。

女人回答：「嗯。您說有話要說？」

女人沒有可以稱之為表情的東西，那是一張沒有任何善意，也沒有任何敵意的臉，就連悲傷、憤怒也感受不到，這讓她不知所措。

「雖然晚了，但我還是想跟您說聲對不起。我真的沒想到我說的話會造成這樣的結果。」

女人的手擺弄著茶杯把手，杯子和茶杯盤碰撞，發出噹啷的聲音。她抑制想就此停止說話的衝動，她不想用一句對不起省略這一切過程，如果要那麼做，當初就不會請求對方抽出時間，堅持要安排這樣的場合當面談了。

她得說話。

得在心中尋找現在自己能說的話和應該說的話，需要耐心地、一個一個、依序把那些話給汲取出來。換句話說，她正面臨那個難關。

「坦白說，其實當時我對朴庭基先生了解不多，連他的長相、年紀，還有他是演員這件事都是當天才知道，也就是說，我是在節目開始前拿到腳本才知道的。我也不知道有那個爭議。不管是什麼，哪怕能稍微了解一點，我在讀腳本時，就不會那麼不經思考了。」

女人和她對視。是她說錯話了嗎？還是她吐出了不該說的話？她無法準確讀出女人眼中含帶的情緒。

「所以對於朴庭基這個人，妳現在了解什麼了嗎？」女人問。

她所知道的，只有他是演員這個事實而已。女人等待她的回答。她回憶他演過的電視劇劇名和電影片名：《勇敢的男子漢》、《秋季頌歌》、《黃昏之丘》，其中也有像《江豚》、《紅米》這類意義不明的片名。

「如何？」

「什麼？」

「妳看到的是演員朴庭基嘛，作為一個演員，妳覺得他怎麼樣？我滿好奇的，諮商心理師在看那些電影和電視劇時有什麼想法。」

對話改變了方向，女人掌握了對話的韁繩。女人是想考驗她嗎？想確認她會不會中計？對此，她欣然做好了準備。

「我曾想過，要是角色的戲份再多一點會如何呢？他的角色整體來說感覺有點小。」

「就是啊，為什麼大家不給他有戲份的角色呢？很奇怪吧？其實也不是完全沒有好的機會，現在想想，每次遇上好機會的時候總是不太順利，越是覺得似乎可以成功、有信心可以做好，就越不順。」

女人的視線盯著餐桌的某一個點。

「《僅此一曲》，他在那部電影中所飾演的角色很好。」

她的嘴裡突然冒出這句話。在那部電影，他出現的場面屈指可數，儘管如此，他站在積雪的原野上的模樣卻長存於記憶中。她記起那個人穿著一件大得滑稽的夾克外套，全身發著抖，看著遠去的廂型車時的眼神。

「沒錯，那部片，那個角色確實不錯。雖然他可能不認同，但那個角色和他最像了。不是有那種每到關鍵時刻，就會莫名其妙出差錯的人嘛。該說那個角色裡包含了他的人生嗎？所以那部電影讓人看了心情很差，不過確實是個不錯的角色。」

話中斷了，對話像是迷路了一樣。這時傳來狗吠聲，透過窗戶，可以看到一隻白狗闊步走在庭園裡。女人再次開口。

「當時那個人和我正在打離婚官司，嚴格來說，法律上我們現在沒有任何關係。如果今天來赴會的人是他的母親，就不會像我一樣坐著說話了。」

「對不起。」

「聽說妳聯絡了我婆婆幾次，妳沒有想過已經太遲了嗎？」

「我應該再早點登門道歉的，對不起。」她低下頭。

「那時妳有聽律師說我們這邊打算提告吧？是我說要告的。不管是妨害名譽還是妨害死者名譽，原本我打算能告的全都告，但是庭基的母親說，自己的兒子不會因為什麼都不懂的人肆意造謠就去尋死，說他不是會只因為那種話就做出那種選擇的孩子。」

女人看她。那一瞬間，她錯失了把話語汲取上來的繩子。沉默纏上了她。她打起精神，再次鄭重地道歉。

「對不起。」

「除了對不起，沒有其他要說的嗎？」

她還有想說的嗎？還有什麼是非說不可的？她吐露，很後悔對不認識的人隨意胡說，並傾訴自己對那句話所引發的悲劇感到心情低落。她坦言，自己正在悔悟。

「悔悟？怎麼做？」女人問。

她反問：「您是問我怎麼反省嗎？」

剎那間，她想起了補償和賠償這類單詞。清楚展現內心的方法，為紛爭畫上句點的階段。她並不是沒有預想到這種情況，她動員所有間接又迂迴的詞彙，努力想了解女人的心意。

「妳根本沒有理解嘛。」女人劃清界線，喝了一口咖啡後再次開口：「我偶爾會想，最近的人是不是都太熱衷於反省了，到處嚷嚷著要求人們反省：你要反省、為什麼不反省、是真心在反省嗎？……有時候真的覺得夠了。但是回頭想想，其實反省不就是為了自己嗎？畢竟沒有人想再犯同樣的錯，人生苦短，都這個年紀了，應該很清楚吧？」

女人繼續說：「雖然那個人不是個好丈夫，但他是一位好演員、好兒子。當時他在各方面都很困難。雖然我沒必要一一跟妳解釋，但我婆婆的話是對的，他不是會因為大家隨口幾句不入流的話就做出那種選擇的人，所以我婆婆也才會說不需要妳的道歉吧。」

她思考，這個叫朴庭基的人是什麼人呢？當她看到報導，說他和別的演員起衝突，把拍攝現場弄得一片混亂，接著現場影片被公開後，相關人士鉅細靡遺的目擊證詞和受害證言湧現，她就覺得好像對那個人瞭若指掌了——他就是那種人，那一種男人；會喝醉酒般走路搖搖晃晃，把生命搞得岌岌可危的人物。但在電影和電視劇中，他的樣貌並非如此單一，而且從女人所說的話中，朴庭基這個人越來越難以理解。一個她永遠無法完全了解的人的人生，以驚人的速度朝她襲來。

她挺直腰桿，正襟危坐。

「不要誤會，我說這些不是為了減輕妳的罪惡感，我不是在說妳沒有錯。」

女人臉上露出輕蔑的神情，隱藏在平靜表情後面的內心和怨憤的情感開始暴露出來。也許那是她的錯覺。對面的桌子爆出笑聲，嗓音此起彼落，互相叫著彼此的名字開玩笑。

「因為這件事，妳一定也受到打擊了吧，一定也覺得很委屈、想要解釋吧？大家想講的到頭來不都這些嘛，自己的立場、自己的處境。我不認為那是在反省，還不如閉口不談才比較接近反省，妳不覺得嗎？現在說這些又有什麼用呢？妳至少也得承擔一件事吧。」

一切都變得明朗。女人並不打算傾聽她，打從一開始就不是為了聽她說而出來的。因為她的每句話不過都是自我辯解，無論她說什麼，都將比沉默更卑微。

那一刻，她抑制住想把沉澱於內心深處的話說出來的衝動，然後接受之前沒能說、也不能說的那些話語只屬於自己的事。那是她必須承擔的責任，不是可以和誰分擔的。如同朴庭基以前那樣，如同現在和自己對視而坐的那個女人那麼做一樣，對於不能說的事就該緘口不言。她現在才痛苦地領悟到，原本只從語言層面理解的那句話的意義。

「我懂您的意思了。」她回答。

女人像是要辦的事情辦完了那樣，拿起包包起身離開咖啡廳。她的目光跟隨女人走出庭園的背影。

驀然，她的腦海裡浮現這種記憶。

「侮蔑嗎？那有什麼了不起的？走一走被腳踢到不就是侮蔑嗎？那種隨處可見的東西不就是侮蔑嗎？」

憤懣不平的聲音，帶著嘲笑的表情，這話是以前從一部電影裡看來的，是某個場景中朴庭基說過的臺詞，而那成為他最後一部電影。因為她，因為她脫口而出的話，不，也許那是出於某個她絕對不可能知道的原因。不對，也許原因這種東西從一開始就不存在。無論那是什麼，她永遠不會知道，因為不知道，所以也不能再多說。

盧恩雅小姐：

我在電視節目中說了。

我說朴庭基先生和同劇演員打架，把拍攝現場搞得雞飛狗跳，是非常沒有責任感的行為。而且因為他沒有意識到那是不對的，才會不斷出現更多演員的證詞和爆料——演技不足、債務不履行甚至出現品行爭議。我說，那些對朴庭基先生的指控顯然有其充分的理由，還說朴庭基先生的處境是他自己造成的，他得負起責任，縱使考慮他在心理上處於不安狀態，也很難得到大眾的理解。

坦白說，我對於那個事件並不是很清楚，我是那天早上在休息室看過腳本後才得知有這件事，可是我還是按照腳本上寫的唸了。真的是不經思考，彷彿我對一切瞭若指掌，就把寫在那裡的話和其他來賓一起

她在那裡多逗留了一會兒，在心裡將所有寫給女人的信作廢，並決定拋棄只要用詞準確就能傳達自己立場的希望。她將自己內心的話語拋到又暗又深、再也找不到的沉默之中。

最後，她從座位上起身。

她搭上一輛擠滿人的公車後，轉乘地鐵回家。

她打開大門走進院子後，一顆驚險地維持平衡的心隨即向一邊傾斜。她全身無力，整個人放鬆下來，感覺自己的心正不停地流洩而出。她把注意力放在捋過自己的那股涼意。

「天氣好悶熱。」

她把家裡的窗戶全部打開，然後在沙發上坐了一會兒。客廳櫃、電視機、沒有花紋的壁紙、小餐桌，她的目光緩慢地在家中各處游走。所有東西都沒變，但還是甩不掉哪裡確實不同了的想法，一股陌生感揮之不去。

遠方蟬叫聲像水波一樣，靠近了之後又變遠。一切都感覺很不真實，說不定她就像演員一樣在扮演某種角色？那麼她飾演的角色是什麼？現在她非演不可的是什麼樣的人物呢？——犯下無法挽回的錯誤的惡人，得不到原諒的加害者——不對，也許是蒙受不白之冤的受害者、戰勝逆境的失敗者，在考驗中迷失自己的傻瓜。

她消沉地打開收音機，然後走到廚房打開冰箱，從蔬菜室拿出已經爛熟的番茄和香菇，皺巴巴的蘋果和柳橙，再把不知道裝了什麼的小菜桶逐一從冰箱裡拿出來；她挑出過期的醬汁和調味料瓶，然後將連包裝都還沒拆的即食品拿去報廢。原本塞滿腐爛物的冷藏室開始一點一點地出現空位。

冷凍室的狀況更糟。她滿頭大汗地把每個包裝打開，確認裡頭已經凍到硬邦邦的東西，再把那些東西全裝入大型垃圾袋。這些來路不明，不知購買日期、地點、數量的東西竟然整齊地堆疊在這麼深的地方，令她大吃一驚。

她努力想專注在那個單純的行為上，翻找、搜尋、確認、丟棄的行為本身似乎令她感到安慰。這也許還更接近於教訓，不對，「該留的東西就留，該丟的東西就丟」說不定只是自我暗示，告訴自己必須要用新的東西來填滿剩餘的空間。

在她快要清理完冰箱時，電話來了。

「這裡是端正動物醫院，您是結頭菜的監護人吧？」

打來的是護理課長，是一位無論面對大型犬或兇惡的貓都能大膽接近的人，也是一位熟練地協助醫生進行治療，仔細確認每個日程的女人。課長告訴她，結頭菜的狀態變好了，醫院已經做完基本檢查，若是情況維持良好，大概下週就能動手術。

「我正好也打算晚上去趟醫院。」

「那您現在方便過來嗎？院長之後都排滿了手術，現在過來諮詢可能比較好。」

課長為了贏過狗叫聲，幾乎是用喊的在說話。她允諾之後，準備了一下便走出家門。黑暗開始慢慢降臨在朦朧的街道上。動物醫院沒什麼人，很是冷清。小黑用一種肚子半露的姿勢，在窗邊椅子上睡著了。為了不吵醒小黑，她躡手躡腳地打開醫院大門，和守在掛號櫃檯的員工打過招呼後，便徑直上二樓，結頭菜的病房在那裡。

診療室就在病房的旁邊，裡面亮著燈，可以看到透明窗戶的另一邊，醫生趴在桌上的身影。聽到護理課長敲門，醫生就趕緊將身體挺直，然後向她做手勢，要她進來。

「您來得真快啊，請坐。」

醫生一臉疲憊的點了幾下滑鼠，然後將螢幕轉向她那邊。螢幕上顯示出結頭菜的病歷。醫生像是為了驅趕睡意般地大大睜著眼睛，補充了一些具體說明。血液、白血球、急性發炎、心絲蟲、貓瘟、外耳炎、陽性和陰性、帶菌和抗體，一堆陌生的詞彙不斷從醫生口中傳來。她認真地聽醫生說話。

醫生的眼鏡上黏著幾根黃色、看起來像是動物的毛。每當醫生轉動頭的時候，纖細的毛就像要掉下來一樣，一次又一次地豎起來後又輕輕彎曲。

「還有什麼想知道的嗎？」醫生問。

她問了其他問題：「做手術就會好轉嗎？是可以治療的嗎？」

「當然，雖然要等麻醉後，親眼看到嘴巴裡面的情況才知道，但大概只要拔幾顆牙齒就好了。現在牠的發炎指數降低，發炎也消退很多，如果做完手術後持續接受治療，就會變好的。因為牠的體型小，我也有些擔心，但牠從昨天開始就試著自己吃飯了呢。意志足夠的話，很快就會痊癒。」

醫生低頭看著桌曆，上面寫滿了手術和診療日程，然後提議下週二做手術。她點了點頭。就在她要離開診療室時，醫生問：

「對了，還有小黑啊，有個飼主說要領養牠。那個飼主經常來我們醫院，他說小黑很可愛，可以的話想帶回家養。您覺得如何？」

「領養小黑嗎？」

「那位飼主他養了一隻黃金獵犬，是個值得信賴的人。您也不打算把小黑重新放養吧？也不能一直放在醫院裡。還是您要親自養呢？」

「我可以先和世理討論後再告訴您嗎？」

「哦，您是說之前那個小孩嗎？聽說上週六她拿了一堆零食來要餵結頭菜，被我們護理師阻止了。請幫我轉告她說現在沒關係了，可以過來餵，想餵多少都可以。」

她打完招呼後走出診療室，又去看了一下結頭菜。在一天之內，結頭菜似乎恢復了不少元氣。結頭菜發現她過來，發出細小的叫聲。她把手指頭塞進通氣孔，結頭菜就將鼻子貼過來，還輕輕地磨蹭臉頰。結頭菜小巧可愛的粉紅色鼻子潤潤濕濕的。

在她旁邊打掃空病房的護理課長低聲道：「可以摸摸看，牠習慣了。」

「真的嗎？」

見她猶豫不決，課長便走過來打開病房門，像是要證明給她看一樣，開始撫摸結頭菜。她也把手伸進去。結頭菜沒有反抗，只是害怕似地閉上眼睛，蜷縮身體，但也僅此而已。一股柔軟又溫暖的觸感傳到手裡。

不過是要這樣摸額頭，真的花了好長的時間啊。她想。牠為什麼會突然答應人類的幫助呢？她還這樣想，並擔心突如其來的變化可能會帶來意想不到的結果。

然而在那一刻，她所感受到最強烈且明確的情感比較像是激動。感恩和感動，放心和喜悅之類的情緒讓她陰暗的內心暫時明亮了起來。

「原本在這裡的貓咪出院了嗎？」

她一隻手撫摸著結頭菜問道，因為結頭菜隔壁的病房是空著的。課長正在空蕩蕩的病房各個角落噴灑消毒劑，刺鼻的消毒藥味道瀰漫開來。

「因為沒辦法做手術，昨天出院了。」

她沒有多問，也無心再聽更多細節，有些話可能會對日後的事產生負面影響，無論是對結頭菜，對她，也許還會對世理。搞不好那只是她過分的擔心和不合理的焦慮也不一定。

「結頭菜做完手術後就可以馬上出院嗎？」她從住院室出來後問。

課長回答：「這得問院長，但應該是可以，別太擔心了。」

連日高溫不斷。

先是烈日晒得讓人喘不過氣來，瞬間大雨又傾盆而下，烏雲密布，接著又像謊言般地放晴。她的內心則無關乎外面的天氣，漸漸變得更冷淡、沉靜。原本彷彿隨時會沸騰，令她煩躁的事物終於遠離她了。毫無疑問的是，在內心深邃之處，話語失去了氣勢，正在做垂死掙扎。

週六上午，她前往醫院和小黑的領養人見面。已經先抵達在那裡等待的世理往門口走來，向她打招呼。

「阿姨！剛才我給結頭菜肉泥，牠吃了耶。現在就算摸牠，牠也都乖乖不動，頭也不會一直晃了，妳知道嗎？」

「是嗎？」

「我摸了之後發現牠真的好小，都可以摸到牠的骨頭了，牠超瘦的。」

世理的臉被太陽晒得黑黑的，看起來很健康，幾天不見，世理似乎又長得更高了。她和世理對看，點了點頭。兩人坐在候診椅上和小黑進行可能是最後一次的道別。領養人在約定的時間出現，是一對看起來像母子的組合。大門打開後，一側肩上背著薄荷色外出包的小孩先走進來，女人提著一個大紙袋跟在後面。

「小黑！」

「小黑，有乖乖的嗎？」

一聽到兩人的呼喚，原本待在世理身旁的小黑就往那邊走了。世理臉上露出無法掩飾的失落。

「本來貓咪不太會跟著人走嘛，牠卻特別喜歡人。因為牠的一舉一動太可愛了，我就問了一下院長，沒想到您就這樣同意了，謝謝。其實我本來想自己偷偷來的，可是小孩一直纏著我，說要一起來，我們就一起來了。我們之前在醫院裡一起見過幾次小黑。敏敏，跟人家打招呼。」

「您好，我叫金敏。」

她的預想沒錯，這兩個人是家人。女人的聲音輕柔，語氣和藹；坐在媽媽身旁的孩子看起來也一臉開朗。就如院長所說，他們像是好人，至少不像沒事就會對貓咪大吼大叫，朝牠們丟垃圾、施以威脅的那種人。但這樣就夠了嗎？如果不夠，還需要什麼東西、需要多少呢？那個東西現在要如何在這裡確定？

「聽說您養狗，貓和狗住在一起沒關係嗎？」

「哦，這您不用擔心。以前我負責保護過幾隻貓，當時牠們也處得很好，沒什麼問題。再加上我們家維尼本來就很溫順，他年紀大了，所以最近幾乎都在睡覺。」

「那麼您府上是住三個人嗎？」

「哦，不是，我們總共有四個人，孩子的爸、我和敏敏，還有我婆婆也住一起。家裡很少有沒人在家的情況，您可以放心。」

「不好意思，我可以再問幾個問題嗎？因為還有一些擔心的地方。」

「沒問題，這是當然的。」

小黑索性在那個叫敏敏的孩子身旁找了個位置坐下來，似乎想要明確表明自己的意思，說牠要當這些人的家人。她依照阿丸媽的建議又問了幾個問題，比方說是否已經取得所有家人的同意、對貓的習性了解多少、小黑生病時有沒有能力送牠去治療。其中也包含了一些敏感的問題，像是職業、地址、住宅型態和大小等等。

回頭想想，其實這些問題可笑至極，竟然對一個生平第一次見面的人問一大堆這種不禮貌的問題，無異於做戶口調查。況且她對貓的生活和習性也沒有清楚到可以問這些。搞不好在照顧動物方面，這家人比她更像專家。

女人沒有任何不悅，坦誠地回答了所有問題。

「不用另外寫合約之類的也沒關係嗎？如果寫合約可以讓您放心的話，也可以寫。」

反而是女人還這樣提議。她表示不用合約，請對方只要常常轉告小黑的消息就好。女人欣然允諾。

「世理呢？有沒有什麼話想說？」她回頭看向世理問道。

世理低頭看著薄荷色的寵物外出包，不發一語。

她溫柔地摟著世理的肩膀，悄悄說：「沒關係，任何想囑咐的事都可以說。」

世理像是想說些什麼，張開了一下嘴巴，然後搖了搖頭。領養程序就那樣結束了。敏敏小心地打開外出包，小黑像是等待已久般立刻走進了外出包。

「小黑，你連招呼都不打，就要這樣走了嗎？好好保重，別生病了。」

她用輕快的嗓音向小黑道別，但仍藏不住自己依依不捨的心情。這一點，世理也一樣。

「對了，這是貓咪零食，我聽說和小黑一起被救的貓還在住院，我也會和敏敏一起祈禱，讓牠早日康復。哦，我在裡面還放了藥果[2]，是在我們家附近的年糕店買的，給您們嚐嚐看。這不會很甜，很好吃。」

女人遞出手上的黃色紙袋，世理收下它。紙袋裡有貓罐頭、肉泥條和兩盒藥果。女人和孩子打完招呼便離開了醫院。這次由揹著外出包的母親領頭，孩子則跟在後面。從醫院裡可以看見兩人慢慢地往斑馬線的方向走去。

她和世理並排而立，望著那對母女的模樣。

「我們去找結頭菜吧。」

就在她回頭看世理時，女孩像是再也忍不住似地往外跑。她雖然趕緊追上去，但還是沒跟上世理的腳步。世理趁綠燈還在閃時全速橫越斑馬線，追上了已經過馬路的兩人。燈號轉換，她只好佇足在斑馬線前面，望著世理。

世理的身影在川流不息的車陣中出現後又消失。佇足在馬路對面的三個人似乎在交談些什麼，不對，仔細一看，說話的人是世理，世理正在把某個東西交給敏敏。

燈號再次轉換，世理又像過去的時候那樣，用跑的穿越馬路回來。

「妳知道過馬路要小心車吧！燈號在閃的時候就要等下一個……」

她話還沒講完，女孩就撲進她的懷裡，大口喘著氣，身體劇烈地上下起伏。女孩是在抽泣嗎？那樣的話，要跟女孩說這不是永別，女孩隨時都可以問候小黑過得好不好，如果想，也可以去看牠。該用這些無法遵守的約定來哄女孩嗎？然而女孩抬頭後，臉上沒有一絲要哭的神情，表情比任何時候都還要堅強。

「妳去說了什麼？」她問。

女孩回答：「我給了她們一張紙條，是我昨天晚上寫的。」

「紙條？妳寫了信？」

「不是信，只是為了請她們一定要遵守三件事情寫的。」

「哪三件事？」

女孩咬著嘴唇，遲疑了片刻才回答：幫小黑蓋一個房間、入睡前和牠道晚安、一個月讓牠盡情吃一次牠喜歡的零食。與其說這是為了小黑，也許是女孩的心願，這點她不可能不知道。

「真的啊，好棒，妳做得很好。」她那樣說著，摸摸女孩的頭。

兩人走回醫院，確認結頭菜在術前的狀態，並聽醫生說明了大致的手術流程和方法，然後她們就沒有理由繼續待在那裡了。

在離開醫院的路上，女孩在她把上次從超市買來的物品遞給自己時說：「阿姨，不過妳下禮拜可以來我們學校玩，如果妳無聊的話，可以在我比賽的時候來。」

女孩把護肘、護膝和髮帶上下左右看了一遍，然後和她對視了一下。

「躲避球賽還在比嗎？我以為快結束了。」

「哦，如果下雨或太熱就不能比賽，所以一直延期。」
「好啊，什麼時候比賽？」
「下個禮拜五是準決賽，四點。」
「禮拜五四點？好啊，我去。妳喜歡這個嗎？如果不喜歡，可以跟阿姨一起去換。」
「嗯，我可以說實話嗎？」
她點點頭。
女孩像在賣關子一樣沉默了一會，才頑皮的皺著眉頭回答：
「其實，我非常滿意，我超喜歡紫色的，很漂亮。」
她和女孩一起穿越大馬路，進入巷子中。女孩時不時地抬頭望她，做出一種難以言喻的親密表情。這種東西該怎麼形容呢？友情、親密感、單純的同志情誼。一種無法用一個單詞定義的情感，已經刻在她的心裡了。
和女孩共同經歷這麼一連串事情，有讓她改變嗎？和女孩度過的這個季節，為她的生活帶來了什麼影響？未來女孩會如何記憶這個時期？她和女孩交換的東西是什麼呢？
「阿姨，不過在救了結頭菜之後，妳就沒去看過那個空地了吧？」
在走到巷子交岔路口時，女孩問道。遠處傳來狗叫聲。
「嗯，我沒去過。世理呢，妳有去嗎？」
「聽說那裡出現了三隻小小貓，上次阿丸阿姨告訴我的。聽說牠們超小，而且超級超級可愛。」

「是嗎？」

「下次要不要去看看？也把今天收到的這個貓罐頭分給牠們。」

「好啊，就這麼做。」

那件事發生得很突然。

如同有人往平靜的湖面扔小石頭一樣，在誰都不會關注的地方，突然跳出來。不對，這樣講很矛盾，因為事情不會冷不防、突如其來的發生。如果是那樣，應該理解為那件事早在某個長長的因果鏈中接連發生了嗎？倘若每件事皆為其他諸事的原因或結果，那麼無論是什麼，都能比現在更容易接受嗎？

禮拜五下午，她和一群看似是家長的人在帳篷下找了個位子坐下。

這天很悶熱，烈日斜斜照進在架設時應該是陰涼處的帳篷下方，大家卻不怎麼在乎，即使汗如雨下也不停東奔西跑，無論如何都要找到一個可以看清楚自己小孩的座位。也有人大喊加油或呼喚孩子的名字。她則離那種令人臉紅的熱烈氣氛遠遠的。

一班和七班的比賽一結束，等著下一場比賽的二班和六班的孩子們就走下球場。世理站在幾個成群結隊出場的孩子後面，和其他孩子們一樣熟練地穿戴護膝、護肘和髮帶。

「來，兩隊整隊！」

擔任裁判的老師把孩子們集合起來，孩子們迅速地移動至球場內。兩隊在各自的球場內和隊員一起手疊著手喊口號，之後排隊站好。堅定決心、為了團結所做的表現。孩子們的表情變得更真摯了。

老師吹響哨子，球高高的升起，站在中線的兩個孩子奮力一躍，七班先拿到球，攻擊開始了。

「今天天氣真熱啊。您來看球賽的嗎？幫哪一班加油？」

站在她旁邊的某人和她搭話，是一個女人，看起來比她小三、四歲。她表示自己是來幫二班加油之後，女人臉上浮現高興的神情。女人再走近半步，壓低嗓音：

「七班有很多塊頭很大的小孩，人家都說七班有望奪冠，我們二班在對戰抽籤時運氣好像太差了。早知道會這樣，媽媽們就該一起去跟學校反應一下，要是有反應，至少學校會比較注意嘛。總之實在是太後悔了，您說是吧？」

今天世理的動作不錯，到處躲球，身體輕盈敏捷。她的目光一直停留在女孩身上，希望女孩可以和她對到一眼，知道她在這裡。

「大家嘴上不都對孩子這麼說嘛，只要開心就好，不一定要贏。但是做父母的心情怎麼可能那樣，既然是比賽，心裡當然還是希望能夠贏。要是輸了該有多傷心啊，我已經開始擔心了。」

女人繼續說著，也和她一樣目不轉睛地盯著球場。球飛快地來回於兩邊，每來回一次，就有幾名孩子被趕出場外。

「有贏家就有輸家，如果有人輸，也就會有人贏。在體驗輸贏的過程中，孩子們應該會學到什麼吧。」她回。

那是騙人的，她希望世理所屬的二班贏。倘若團隊能夠因為世理活躍的表現得勝，說不定孩子們對世理的態度就會不同，女孩現在渺小、普通的地位或許就會變好一點。女孩之所以拚命地到處躲球，就是為了這個目標，這點她不是不知道。

「哎呀，等一下。不過您不是那位有上節目的博士嗎？林海秀博士？」

瞬間，女人的嗓音變大。

「我的天啊，沒錯吧？難怪我總覺得好像在哪裡看過您。您住在這附近嗎？我都不知道您有小孩。」

毫無預警的突襲。以為已經忘記時，就會再次找上門的惡夢。她反射性地全身提高警覺，一股熱血瞬間湧上兩隻耳朵。然而她並沒有被捲入那種踉蹌的恐懼之中，她努力試著直視重新出現的過去的自己，至少在她心裡，已經不存在想要狡辯說那不是自己的念頭了。如果可以的話，她必須用力擁抱當時的自己，到頭來她只能那麼做。

「對，我是。我今天是來幫一個住家附近和我很熟的小朋友加油，我沒有小孩。」她平靜地回答。

「天啊，竟然會在這裡見到名人，實在太神奇了。那個小朋友是誰啊？和您很熟的孩子是二班的嗎？跟我們家素莉同一班呢。」

哨聲響起，老師中斷比賽，向孩子們發出指示，似乎是在警告他們什麼。之後哨聲再次響起，比賽重新開始，如今兩邊球場中只剩下四、五個孩子。

「是叫黃世理的孩子，在那裡，戴著紫色髮帶那個，有看到嗎？」

她指著到處躲球的世理。

「黃世理？哦，世理。原來是來幫世理加油的啊。」

女人的聲音變得不冷不熱，是從素莉那裡聽到了什麼嗎？這個女人也知道自己的女兒聯合其他同學欺負世理嗎？她穩定思緒，不讓臆測和誤會等情緒繼續擴大。好人和惡人，善意和惡意，她試圖不要只是那樣貼上標籤、做出評斷後，擅自豎立一道極高的界線。

女人再次爽朗地說：「那您今天休假嗎？我是指諮商中心。您還在做諮商吧？我也很想找個時間去一次。之前您在節目上給大家的解決方案，對我很有幫助呢，我真的很喜歡。現在您不做，實在太可惜了。」

這個女人到底想知道什麼？為什麼有些好奇心會以如此無禮的方式驟然而至？

她不動聲色。如今她很清楚，沒必要把自己混沌的內心給任何人看。她冷靜地領悟到，有時把話說到嘴邊又吞下去這件事，也不能隨心所欲。

「要繼續上節目，我還有很多不足的地方，不過還是謝謝您這麼說。至於諮商這份工作，現在暫時休息一陣子，還不確定什麼時候可以重新開始。」

再一次，哨聲響起。

比賽中斷，嘈雜喧鬧的人聲停止，四周安靜了下來。二班的球場裡好像出了什麼問題，孩子們站成一圈，也沒有想把掉在地上的球撿起來的意思。孩子們鬧哄哄的，嗓門逐漸大了起來，最後連七班的孩子也開始湧向二班的球場。

「喂，妳給我好好做。黃世理，妳已經死了啦。妳這個笨腦袋，死了就出去啦，黃倒楣。」

孩子們的喊叫中不時傳出那些詞。世理發生了什麼事？難道是孩子們又一次將世理推入困境之中嗎？家長們顯露出不耐，紛紛走出帳篷。老師吹口哨向家長打手勢，要他們別靠過來。

又有兩名老師跑來。隨著群聚的孩子慢慢後退，不一會就真相大白：兩個孩子——世理和一個體型比世理小的女孩——癱坐在場外。兩人在老師的指示下起身後，拍掉沾在衣服上的塵土。

騷動看起來似乎告了一段落，低著頭的世理卻向那個孩子跑去，彷彿再也忍無可忍、不想就這麼算了一樣。世理將緊握在手中的沙子丟出去後縱身一撲，兩個孩子便和塵土一起再次摔到了地上。儘管老師們試圖勸阻，還是攔阻不了。兩個孩子在地上翻滾，扭打成一團。在嘈雜的驚叫聲和吶喊聲交雜之下，世理緊閉雙唇、倔強的模樣忽隱忽現。

「哎，我的天啊，這是怎麼回事？」

「是不是該去看一下？那個小孩是誰？」

「他們不是同班同學嗎？那是二班的吧？」

家長們紛紛發出上面這些聲音。她用兩隻手遮擋陽光，往球場再靠近一點，就那樣，沒有再進一步了。她看著，觀察這一切。那一刻映入她眼簾的不是孩子之間經常發生的肢體衝突，那是長期折磨著女孩的怨憤、啃噬女孩內心的孤獨，以及最終因那些情感而失控、自暴自棄的心情。

最後，有幾個人叫著孩子的名字跑向球場，幾個人追了上去，幾個人又加入其中。留在帳篷下的只有她一人。

周賢：

天氣越來越熱了，妳過得好吧？

不久前我和那個人見面了，就是盧恩雅小姐，朴庭基先生的夫人。如果我說，我們像是有什麼重要的事情要辦的人一樣，在咖啡廳裡面對面坐著說話，妳能相信嗎？沒錯，其實那不算是對話，我也不是期待可以和她對話才出去的。但我仍想過「至少應該可以進行所謂的對話吧」、「應該可以有一個瞬間那麼做吧」，假如說我一點都不期待，那是騙人的。

我想說的、必須說的，我連是否相信自己能夠把那些話全部說出來都不知道，我卻天真又愚蠢地，連我是否認為對方至少會聽一次我的說法都不曉得。但另一方面，我好像稍微能理解妳之前所說的話了。那時候，妳為什麼要我去見那個人的家人，為什麼妳說那樣做是為了我好，現在的我好像真的稍微懂了。

其實我不是要說這件事。

周賢，今天我想要說些稍微不同的事。

當時那件事情發生，在我覺得自己處於可怕的混亂當中時，我對妳犯下的那些錯誤、冒犯，雖然遲了，但我真心想向妳道歉。我這麼說不是為了解釋當時我只能那麼做的原因，因為那是我的錯，是我錯了，現在我才理解妳當時的心情。

我把那段時間妳向我展示的心意與真誠都視為理所當然，不懂感謝。做為朋友妳至今一次都沒有，我卻這麼……說不出口的東西。

我把所有事都太視為理所當然了，不懂得感謝。妳從來，至今妳從來對我，儘管如此，沒能說聲謝謝的雨下了一整天。

當她抵達動物醫院附近的咖啡廳時，褲腳和鞋子都濕透了。每走一步，濕漉漉的鞋子就會跑出水氣。

「歡迎光臨！」

她一開門，站在咖啡機前的店員便打招呼。在這個只有四張桌子的狹小室內，一個客人都沒有。不對，再走進去一些後，裡頭有一個男人起身打招呼。是世理的父親，獨自扶養一個十歲小女孩的男人，在世理的故事中經常被簡短帶過或省略不談的那個人。

「是林海秀老師吧？您好，我是世理的爸爸。真的很謝謝您百忙之中抽空前來。」

「初次見面，您好。」

男人的襯衫領子往裡面捲，卡其色棉褲也到處都是縐摺。男人每次移動身體，就會散發出一股辛辣的樟腦丸味道。她將滴水的雨傘大概整理一下後就坐，男人去櫃檯拿了兩杯咖啡過來。

「我以為世理也會一起來。」她問。

男人答：「哦，我叫她在動物醫院裡先等一下，因為我想趁孩子不在時請教您幾個問題。」

儘管冷氣的風讓室內涼颼颼的，男人還是不停用紙巾擦拭額頭和臉上的汗水。隨後似乎不知該拿那張濕漉漉的紙巾怎麼辦，只好將它緊握在一隻手中。他握的不只那個東西，還擺弄著盛有熱咖啡的杯子，不發一語，似乎是想要用力地攥住話語。

「世理怎麼樣？還好嗎？」

最後是她開始對話。

「世理嗎？我也不知道了，問她，她也不太回答。有時候好像沒事，有時候又完全不知道她在想什麼。不知道是不是我太遲鈍，還是她不想和我說話，小孩長得越大，就越來越難了。對了，我聽說那天比賽時您在旁邊，他們說您在場。」

「對，我在，世理邀請我去看比賽才去的。我和其他家長在帳篷下。您和那個孩子的父母談過了嗎？」

男人的臉變得沉痛，揉著額頭的手粗壯且粗糙，緊貼著甲床剪短的指甲周圍黑黑的，凸起的血管周圍有明顯的紅色疤痕。

「不曉得您知不知道，世理的媽媽和我是分居中，加上現在這段期間我的工作很忙，我已經先跟孩子的媽說了，但要和對方父母談似乎不太容易。我不懂，為什麼我的小孩也同樣受傷了，卻當面把她當成罪人對待。老實說我一點都不想和那些人說話，要說話也得說得通才能說啊。」

「情況很嚴重嗎？」

「聽說一開始通電話時，對方劈頭就說什麼調查真相、校園暴力那種瘋話。他們公然把我的小孩當成怪物，有哪個父母聽到這種話會默不作聲？您也看到了，世理真的不是那種孩子。如果她那麼做，一定有什麼理由，她不會無緣無故做出那種事。」

男人像是在壓抑湧上來的情緒，把話暫停下來。他的喉結靜靜地上下移動。她沉著地等待男人的下一句話。

「不管怎麼看，世理好像是被排擠了。以前從來沒有過這種事，她該有多傷心啊。如果可以，我真恨不得殺過去找他們算帳，管它是學校還是什麼，這種想法一天會出現好幾次……對不起，我不是為了跟您抱怨這些才約您見面的。」

男人像要阻止流出的話語般再次沉默。但在喝完一口咖啡之後，又憋不住似地重複類似的話。

「對方父母堅持是世理先撲上去的。那些人這麼會追究誰先誰後，卻不把我家小孩被排擠當一回事，好像沒什麼大不了一樣。老實說我真的不懂，不知道是不是因為她沒有媽媽就瞧不起她。本來孩子在我們開始分居後就每天都很沮喪了，現在因為這件事，不知道又會受到多大的傷害。唉，對不起，我老說這些有的沒的。」

男人不停用握在手中的紙巾擦汗，他的內心也和握在手中那團紙巾並無分別，男人把自己的心揉成一團後打開，打開後又再揉成一團。他的心如今已經破爛不堪，無法準確地讀出來。

她談起其他話題。

「您從世理那裡聽說貓咪的事了吧？」
「什麼？貓咪嗎？哦，對，我聽說了。她說她救了一隻生病的貓。」
「您看過那隻貓了嗎？現在在醫院。」
「還沒，我打算等一下過去看。其實那件事我也很苦惱，畢竟在家裡養寵物不是件容易的事，而且家裡也小，光是照顧她一個孩子就很吃力了，還要照顧一隻生病的貓。」
對話暫時斷掉了。她小口小口地品嚐涼掉的咖啡，想著：這個男人究竟為什麼要約自己見面？他從世理那裡聽到了什麼？為了世理，她必須說的話是什麼？反過來，她萬萬不能說的又是什麼？
「我以前是諮商心理師，您聽世理說了吧？」
「是，我知道。世理說您很有名，名字還出現在網路上。之前她告訴我的。」
「世理嗎？」
「對。」
她對這個回答有些震驚，女孩對她知道多少呢？是什麼時候、在哪裡、怎麼知道、又知道些什麼呢？女孩看過多少她無法一一確認的流言蜚語？
她甩開不停延伸的念頭，說道：「那我就直說了。我曾經在一個節目裡談論一位演員，叫朴庭基。我說他很沒禮貌又不負責任，是個無藥可救、令人失望的傢伙。我還評論他的各種是非、債務不履行，甚至是和人打架的事，『一個稱作演員的人究竟怎麼能活成這樣』。幾個月之後，那個演員自殺了，您應該在新聞中看過。而我成了一個殺人犯，也就是說，我不是那種用一句話來救人一命的人，而是成了用話把人殺死的人。」

她的嗓音沉穩，沒有一絲動搖。因為她正在盡最大的努力，一步又一步地後退，遠離自己，努力不要再讓自己受自我憐憫和自我貶低等情緒的影響。但有可能嗎？有可能像說別人的事一樣，對自己保持冷靜嗎？怎麼可能呢？

所以在那一瞬間，她的若無其事是騙人的，那不過是表象，她正在感受稱得上是痛苦的情緒。她不是不知道，若不感到羞恥和受辱，就幾乎不可能提及那天的事。

「我因為那件事辭去了節目，也不得已離開了工作很久的諮商中心。有一段時間，我什麼事都不做，不見任何人、也不和任何人聯繫，以為只要那樣活一輩子就可以了。然後我遇見了世理，就在春天，在我家前面的巷子。」

男人聽著，用一種猜不透她突然開始的故事會走向哪裡的眼神，以及無論用何種方式，都希望說到自己想聽的話的表情。她很清楚男人期待的是什麼，她不會不知道安慰和慰問的話是什麼。只要眨個眼就消失無蹤的言辭，只要轉個身就揮發不見的話語，說那樣的話太容易了。

但她不想那麼做，那不僅對男人，對世理也沒幫助。

「世理是個好孩子，這點無庸置疑。世理懂得照顧街貓，也懂得如何和一個人成為朋友，她是一個心地善良、成熟懂事的孩子。」

男人的眉毛動了一下，臉上的濃眉和自然下垂的眼睛，圓圓的鼻梁和狹窄的人中，甚至是又薄又長的嘴唇，男人臉上隱約浮現出熟悉的世理的模樣。

「但是這件事，世理必須先道歉。就這次事件來說只能那麼做。請告訴她，她必須道歉，告訴她道歉的方法，教她應該那麼做。這是我想說的。」

原本平靜地跟著她的話的男人臉部變得僵硬，像是走進了死巷，露出慌張的神色。男人似乎還想再說什麼，張了一下嘴之後，又直接閉上了。

男人似乎想問她「在還沒分清楚是非之前就裁決，讓孩子被貼標籤，有沒有想過之後孩子要在那種誤會中承受的痛苦」。似乎想怪罪她「原來妳也和那些厚顏無恥的父母沒什麼兩樣」。不，也許是想大喊：「妳到底站在誰那一邊？」

她不可能不知道男人想要訴說委屈、抱怨不公的心，因此她不想假仁假義，用溫和柔軟的話語假意安慰。不能就這樣掩蓋問題，放任孩子在她無法得知的未來處於這種類似的困境不管。所以，不能這麼做。

「這件事，只要世理道歉就能結束，至於其他問題則是下一步，只要在那之後找方法解決就可以了。世理不會因為這件事就受到損害，不到那種程度。世理會學到重要的東西，請幫助她，讓她從中學習，讓她不再犯同樣的錯。」

男人似乎想說什麼，挺直了上半身。她則像沒有轉圜餘地般明確地說：

「這個問題很簡單，只要按照順序解決就好，沒必要把狀況搞得複雜。」

幾天過去了。

孜孜不倦燃燒的夏日熱氣消退，持續了一天又一天的夜晚高溫也降了下來，甚至能感覺到晚上從窗戶吹進來的風很是涼爽。炎熱終於消退，夏天準備要退下了嗎？至今她的夏天都是在能躲避熱浪和暑氣的地方快速地過去，長久以來，夏天對她來說不過是幅遠眺的風景。而今年，她身處夏天的中心，自己彷彿光著身體通過了這個季節。

半夜，她斜躺在沙發上看電視。

幽藍的火光中沒有所謂的溫暖，在那裡有一些人，或說有一些形體，無時無刻地變換樣貌，不斷出現後又消失。她像貓一樣蜷縮身體，呆呆地凝視畫面。她看的搞不好不是電視畫面，而是其他時間、其他層次的東西。

猛然想起的那些場面，以為都已經遺忘的記憶，必然是她經歷過的瞬間。

她像要甩開愈發清晰的念頭般，從座位上起來，然後關掉電視，走進房間。她在書桌前坐了一下，那裡曾是每天傍晚她寫信的地方。她已經有好一段時間沒有寫信了，她學到就算不用那種方式寫些什麼，也能度過一天、度過一週、度過一個月，她意識到自己裡面想要寫些什麼的心已經不復存在。

第二天早上，她很早就起床。

今天是結頭菜出院的日子，她把家裡大概打掃了一下，然後在早上十點前出門，她決定步行去醫院。天氣陰沉，陽光時而從低矮密布的雲層中露出來，她一點一點地加大步伐，加快腳步。

世理已經先到了醫院。

「您好。」

打招呼的是坐在世理身旁的女人，世理的母親，一個月來見一次小孩的女人。女人身上散發淡淡的玫瑰花香，還摻雜著像酒精之類的刺鼻味道。

「您是世理的母親吧？初次見面，您好。」

她回禮，目光不時飄向女人的指尖。女人的手指甲又長又光滑，指甲上頭的寶石和珠光閃爍，華麗的色彩和小巧的條紋裝飾不斷吸引她的目光。

「哦，這個。顏色有點太重了吧？我其實是做美甲店的，只要進新的顏色就會塗在手上，順便也作宣傳。這次塗得有點大膽了，不知道是不是因為這樣，客人才沒興趣。看來我得重新做了。」女人自豪地張開十隻手指頭，害羞地笑了。

她回應般地笑了一下，然後親切地對世理說：「世理，妳來得真早啊。眼睛怎麼那樣，受傷了嗎？」

女孩右眼戴著眼罩，斜斜地仰視她後點頭。女孩看起來有些消沉，狀態也很低落。不對，也許女孩是像其他那個年紀的孩子一樣，正在自己的母親面前撒嬌。

「世理，大人問話就要回答啊，光點頭就好了嗎？」

女孩連看都不看自己的媽媽一眼，勉強地說了一句：「是受傷了沒錯，但沒什麼，醫生說兩天就會好了。」

女孩的聲音沒好氣。她不問世理為什麼沒有去學校而在這裡，當時的騷動又是怎麼結束的，反而說了其他話題，關於那些銀杏樹空地的小貓的事。她說自己在那裡看到十分小巧可愛、長得跟結頭菜一模一樣的小貓。

「真的嗎？阿姨妳去看過了？什麼時候？」

女孩的表情開朗起來。她說那個地方多了一個新的吃飯地點，是用很堅固的木箱做的。還告訴女孩，那邊還有一間塑膠小屋，貓咪們可以在那裡避雨。

「等一下我也要去看，媽媽，我可以跟阿姨一起去吧？」

女孩熟練地得到母親同意後，朝她笑了笑。

那一刻，緊纏著她的恐懼消失了——原以為世理和世理的媽媽可能會誤會自己的想法，說不定善意和好意會被曲解、被踐踏的擔憂，還有之前那些施加在她身上、毫不留情的審判。在世理和女人身上找不到那種神情。

世理看的，是現在站在眼前的她。她也同樣如此。她正面對的這個女孩勇敢、溫暖、坦率，一如既往。

三個人並肩坐在診療室聽結頭菜的健康狀態。醫生用制式的聲音說：「牠還在發炎，所以手術做得比較晚。我先把牠上下的臼齒都拔掉了，然後把犬齒留著。等一下我會開藥給您們，餵牠吃幾個禮拜，觀察看看吧。」

就這樣，結頭菜的出院手續結束了。護理師逐一確認完診療明細表上的項目後，告訴她總結算金額。就在她遞出信用卡時，護理師才突然想起般地說，已經有部分金額先結了。

「結了嗎？誰結的？」

世理的媽媽走近，低聲說：「我稍微付了一點。其實我很想全部結清，不過我只是付了能力所及的部分。因為您那麼照顧我家世理，在很多方面都很感謝您。」

「您太客氣了，還願意負責結頭菜，應該是我要謝謝您才對。」

「哪裡是我負責，是世理要負責。既然她已經誇口說只要讓她養，就一定會好好照顧牠，那就應該會做好吧。也只能期望她一定會做到了。」

在她尋找下一句回答的話語時，女人用輕快的聲音問她：

「對了，您吃過飯了嗎？還沒吃的話要不要在附近吃午餐？我們可以把結頭菜暫時放在這裡，等吃完再來帶牠走。」

她沒有推辭的理由，欣然地答應了對方的提議。

「阿姨，不過妳知道那個嗎？躲避球真的是個很笨的遊戲。」

在去附近餐廳的路上，女孩和她咬耳朵。女孩的母親在後面幾步遠講電話，忙得不可開交，隱隱約約聽到顏色、管理、預約、客人、抱怨、服務之類的詞彙。

「為什麼？因為比賽輸了，很難過嗎？」她問。

女孩抬頭看著她，「不是那樣，是因為就算練習很多次，還是一下子就輸了。因為就算練習超多超多超多次，只要被球打到，就結束了啊。」

「練習就只是練習而已，真正的比賽和練習不一樣，誰都不知道真正的比賽會怎麼樣啊。」

女孩又問：「那幹嘛練習？反正一點幫助都沒有。」

「妳真的那麼想嗎？」

「阿姨不那樣想嗎？」

女孩問的真的是關於躲避球嗎？還是關於生活？女孩是在向她提問嗎？是想透過閒聊之類的對話給予教訓嗎？

「當然啊，我不那麼想，因為比賽只要重新開始就可以了，輸的那方所學到的東西總是更多。」

「真的是這樣嗎？真的可以那麼說嗎？」

她開始思索。然而令人驚訝的是，她從自己說的那番話中得到了一些稱得上是安慰的東西。

李漢成代表：

您好，我是林海秀。

我決定接受中心的決定。

日前我要求過最後一次會議紀錄，可以不用給我看沒關係了。關於曹敏英小姐的事，我也不打算再過問。至於我諮商過的來訪者紀錄，希望能詢問他們的意見，並按照他們的意願處理。而我留在中心裡的私人物品，也由中心自行處理就行了。

最後，我想向您表示感謝。從最初中心開業到現在，您總是細心地關照我，這點我很清楚。在中心像現在這樣發展的期間，我也同樣學習到許多東西。我很清楚，能夠在那個地方工作是我莫大的幸運，那些在工作期間幸福愉快的時光，我會永遠珍藏在心裡。

祝您身體健康

謝謝您。

幾天後，她去見律師。

律師一臉疲憊地迎接她。如同她第一次來這裡時，她和律師面對面坐在一個幾乎沒有能稱得上是家具的會議室中。會議室外，電話鈴聲響個不停，人們的腳步聲和說話聲忽近忽遠。

聽到她表明此次的目的後，律師停了好半晌才回答：

「這個嘛，雖然是由您決定，但就我看來，這不是個合理的選擇。這件事不是這樣掩蓋過去就能解決了，也無法保證之後會發生什麼問題。總之，這是留下了個導火線喔。」

這些話她之前也聽了無數次，律師不斷轉動手中的筆。又粗又沉的原子筆在律師的大拇指上快速旋轉。

「會發生什麼問題？」

如果是過去的她，一定會那麼問。那麼律師就會用冷靜的聲音，將她已經失去、正在失去和說不定會失去的東西背給她聽。她就會閉上眼睛，在看不見任何東西的狀態下拿律師的建議當作拐杖，無論如何都會試圖向後退。

「在這種情況下最好先做出行動，作為示範。就只對少數幾個故意持續留惡意留言的人提出妨害名譽吧，反正這案子已經過了一段時間，不會造成太大騷動。」

有人敲了敲會議室的門，然後從門縫把頭伸進來，嘰嘰咕咕地說了些什麼。律師會意似地點了點頭，擺手示意對方離開。

她回答：「不了，沒關係，我什麼都不想做，也沒必要那麼做。」

律師用原子筆輕輕敲著桌面，和她對視，彷彿想問：「就要這樣退縮嗎？」質問她現在是否在為日後未知的問題留下發生的餘地、是否做好準備承擔之後的一切。律師的表情像是無法理解她怎麼會做出這種愚蠢的決定。

「好吧，嗯，既然您心意已決，我就不再多說了。我只告訴您一件事，林博士，您不可以太相信人，所謂的善意，是在相安無事的時候才是善意，要是情況不對，大家都會最先丟掉善意，這點從無例外。無論如何，都要想到最壞的打算。」

律師的話應該是真的，多年來，他出入偵查機關和司法機關像自己家一樣，這想必是他的親身體會。他早已是操作罪與罰的權衡的談判專家，填補邏輯與跳躍之間的老手，緊盯破綻和要害的勝負手，也是在紛爭中得到鍛鍊的勇士。

但她並不像律師一樣經歷過這一切，因此無法像律師一樣思考。她曾是諮商心理師，曾停確認過無數次人的內心深處，都有著無比脆弱、受傷的心靈。那種偶遇在不依靠善意和憐憫之下，是不可能發生的。

如今她剩下的也許只有那種信任了，那是留給她的、她沒有失去的東西。所以可以說這是她捍衛下來的東西嗎？

「好，我會的，謝謝您。」

她那樣回答後，離開了那個地方。

當天下午，她和世理一起去了銀杏樹空地。那是個和煦的午後，碧藍到近乎湛藍的晴空飄著一朵朵白色的積雲，就在夏天的正中間。然而若仔細去看，可以很清楚地看到夏天正在緩緩離開的跡象。

「妳去媽媽家玩得開心嗎？」她問道。

「開心，我去睡了兩個晚上，還吃了披薩和炸雞。不過阿姨，那裡還有結頭菜的房間，雖然有點小，但是我布置得超漂亮喔。那裡也有我的房間！而且比現在的房間大很多喔，要看嗎？」

女孩打開手機，將幾張照片秀給她看。

女孩在挑選照片時，眼角反射性地蠕動。女孩現在沒有戴眼罩了，但眼白上方仍有紅紅的瘀血，如果要連留在眼皮上的細長疤痕都癒合，還需要一點時間。她沒有問女孩什麼時候去了媽媽家，也沒有問那件事後來怎麼收拾的。

因為那個問題不是由大人出面，以近乎討價還價的方式互相爭論道歉和賠償，再讓世理轉學就算完全解決。不知道現在安靜潛伏於世理內心的東西何時會甦醒，所以這也許是好不容易才達成的休戰狀態。

對於女孩來說，還剩下與自己的鬥爭，女孩在那個鬥爭結束後會理解，自己失去了什麼，得到了什麼，以及自己捍衛下來的東西是什麼。

「眼睛還好嗎？看這邊，看得到這是幾隻嗎？」

她像個傻瓜一樣快速晃動兩根手指頭。這個老式幽默，庸俗的玩笑，是她小時候大人常和她玩的幼稚遊戲。

「兩隻啊，我的眼睛看得很清楚好不好。」女孩調皮地皺起眉頭。

銀杏樹空地上一個人都沒有，只有一個用樹木做成的吃飯區和三四個堅固的塑膠箱。兩人一走近，團團圍在一起的鴿子一下子飛起來，揚起一陣黃塵。

「哇，真的耶！阿姨，這看起來真的很好，超級堅固的！應該是阿丸阿姨做的吧？」

女孩的話是事實。吃飯區一隅大大貼著姓名和電話號碼，以及「擅自破壞，必當究責」的句子，電話號碼是阿丸媽的。

世理仔細察看乾淨布置的飼料和水及塑膠箱內部後，開始正式尋找貓咪們。世理把開闊的空地周圍仔細看了一遍，然後檢查樹叢茂盛的那一邊，甚至還走到銀杏樹後面。

「阿姨！」

過了好一會兒，女孩叫她。她走近後，女孩便抬頭指了指銀杏樹後面。那裡還有一棵銀杏樹，由於它幾乎位在一直線的位置，所以從遠處看就像一棵樹。和站在前面的樹木相比，後方的樹木更大、更綠。

「原來是兩棵樹耶，阿姨妳也不知道吧？」

「是啊，我們還以為只有一棵呢。」

她一邊回答，一邊抬頭看銀杏樹，同時驚訝地發現，原來經常奪走她目光的蔥綠，實際上都是後面那棵樹。就像是只能在書裡讀到的這類故事，居然像這樣確確實實地存在於現實世界裡，讓她感受到一股奇異的感動。

不對。她這樣想。如果所有東西都是像這樣依附於其他一切事物，那麼自己依靠的是什麼？正在倚靠自己的又是什麼？而當她那麼想時，她的腦海中浮現出一些名字和一些時刻。

過了一會兒，兩隻貓才從樹叢那裡小心翼翼地出現，是一隻白貓與一隻長得和結頭菜一模一樣的小貓。女孩將罐頭飼料一點一點挖到一顆扁平的小石頭上，兩隻貓咪輪流靠過來仔細地舔食後，在兩人附近徘徊。

兩個人在那裡又停留了一會，看貓咪試圖狩獵鳥，觀察貓咪一邊慵懶地舐著前腳一邊晒太陽，注視貓咪在塑膠箱裡準備睡覺。

一個寧靜的下午，這是靜止了一樣的靜謐時光。

然而即使是在這一刻，時間依然持續流逝，待來到尾聲的酷暑離開，就會吹起涼風，接著下雪的冬天到來。時間會不停向前走，那是擋不住的。她也是，如同所有活著的東西那樣，過了現在這段時間後就必須往下一段時間，然後再往下一段時間前進，而她也有義務這麼做。

她久久凍結的時間是這時才開始伸懶腰、呼吸的嗎？終於開始動了嗎？她很訝異自己竟有這種想法。

「世理，妳知道阿姨之前是個很有名的諮商心理師吧？妳知道我上過新聞，還上過電視吧？」離開空地的路上，她問。

女孩為了和貓咪們說再見而稍稍落在了後頭，漫不經心地回答「知道」。她沒有放慢腳步，亦沒有回頭看女孩，繼續說了下去。

關於源自於她的那個事件的始末，關於她必須跨越的時間和度過的季節，關於也許女孩早已知曉、但終究無法全部了解的眾多瞬間，關於現在什麼都不懂的女孩遲早需要面對的，漫長又黑暗的夜晚。

「什麼？阿姨妳剛才說什麼？我沒聽清楚。」揚起塵土跑過來的女孩問。

「我說謝謝，因為有世理，我很開心。」

她只是那樣回答。

世理要來的那天是星期六。

原本天氣像是要下雨似地陰沉，但越接近中午就開始放晴。她將家裡的窗戶全部打開，然後小聲地打開收音機，再從倉庫依次取出兩張摺疊桌。桌子又大又重，得用兩隻手抬才搬得動。她清除桌上的灰塵，將桌子擦乾淨，接著在房間安排好擺放桌子的空間。

她開始整理亂放在桌上的雜物。先是拿來一個大型塑膠袋，把沒用的東西全部裝進去：五顏六色的迴紋針和文具盒、縐巴巴的小筆記本和月曆、傳單和資料夾、過期的繳稅通知單和明細，還有連是何時何地、從誰那裡收下都記不得的名片和明信片、壞掉的原子筆和舊便條紙——很久沒有翻開看的書也都裝進去。

之後她把堆放在書桌一邊的一疊信拿起來——那是她之前每天寫的信，她從來沒有寫到最後、也從未寄出的信，她拚命尋尋覓覓、千挑萬選後寫下的話語。如今她毫不留戀地將那些東西放入塑膠袋。書桌變乾淨了，她索性把抽屜和書架也一併整理。那些覺得日後一定有用處的東西，相信遲早會需要的東西，認為死都不能丟的東西。她沒有考慮太久。

房裡開始一點一點地出現空間，汗水沿著脊背流下。偶爾窗外蟬聲大作，響了一陣後又平息，如此不斷反覆。打掃完後，原本感覺窄小沉悶的房間看起來大多了。她將兩張摺疊桌在房間正中央並排展開、對齊，然後又拿來帶椅背的椅子，調整為適當高度。

她像是要喘口氣般，在那張椅子上稍微坐了一下。

然後細膩地觀察女孩坐在那個地方時會看到、聽到、感受到的東西，彷彿是不給女孩好不容易打開的心房留下關上的餘地，像是最起碼不要留下會讓女孩神經緊張的東西。她的視線緩慢地來回於既熟悉又陌生的房裡。

世理在下午兩點前就來了，那時她正把幾個垃圾袋拿到院子裡放。

「這是媽媽要我給妳的。」

一打開大門，就看到打扮一身清爽的女孩站在那裡。女孩一看到她，就將一個小小的購物袋遞給她，裡頭裝有一個蛋糕捲和一盒手工巧克力。女孩在玄關前把自己的鞋子擺整齊，才走進屋中，挺直了背坐在沙發上，而不是把腳抬起來、斜斜地坐著。女孩似乎正老實地遵照母親祕密囑咐的事項。

「世理，妳吃午餐了嗎？要不要和阿姨一起嚐嚐這個？」

她把裝在購物袋裡的盒子拿出來給女孩看。

「我和媽媽吃過才來的，那是老師的。」

「老師？世理，妳為什麼那樣叫阿姨？」她訝異地問。

世理臉上隨即露出害羞的微笑。「不知道，媽媽要我那樣稱呼。」

她輕柔地告訴世理不需要用那種稱呼，那是真心的，因為女孩和她不是今天第一次見面，而且她們之間的關係不像是她的眾多來訪者那樣，需要畢恭畢敬地尊稱對方，再從頭開始一件一件，有條不紊地了解所有事情。

不過那並不代表她完全理解女孩。女孩的心裡有著她不清楚的模樣，有許多她從未預想，且無法預料的方面。就如同太陽會升起、天會黑、季節會變換一樣，那是有生氣的，是在女孩有生之年她絕對追不上，也無法皆知的東西。

她在開闊的客廳裡打發了一下時間後，便領著女孩走進房間。

女孩跟在她後面，神情有些緊張。她幫女孩拉開椅子，給女孩時間坐下，女孩很快就找到一個舒服的姿勢。她慢慢環視房間，再一次檢查採光和溫度，接著去廚房端來兩杯冰涼的柳橙汁。她把杯子放到桌上後，又去拿來一盒面紙，還有三、四顆巧克力。

她難以入座，也馬上就察覺自己正在避開那一刻。是因為她多年來重覆做到膩的這個工作意義有所不同了嗎？她對這份工作的自信和自豪之類的東西全部消失了嗎？

女孩小口小口地喝柳橙汁，注視著她，眼神摻雜一絲擔心和好奇，小心翼翼地跟在她身後。

「阿姨忘記擦桌子了，等一下喔。」

當她像逃跑般地試圖再次離開房間，女孩立刻回答。

「沒關係，我擦過了！」

還來不及勸阻，女孩就用袖子擦了桌子，然後看著她，頑皮地笑了笑。最終她只好投降般地在女孩對面坐下，就像很久以前剛開始這份工作時一樣，懷著幾分恐懼和緊張，以及一些期待和疑惑。

上一個季節，她獨自在這個房間——在這個與外部世界隔絕、像廢墟般的地方寫信。她曾認為自己是在用某些話、用某些語言與外部世界對抗。但透過那個行為，她什麼也沒有學到。她既無勝利，也無失敗，如同時間在歡呼和揶揄中流逝一樣，她只是那樣經歷了一段時光。至少她應該可以把那點程度的故事講給女孩聽，如果女孩希望的話，只要女孩要求。在那之前，她會等，會盡最大的努力聽。

她放鬆肩膀，把腰挺直。女孩和她對視。

「好吧，那就不要緊張，我們隨便說。如果有想說的都可以講，知道了吧？」她說。

竟然要對方不要緊張，任誰看了都知道緊張的人是她。女孩的嘴角害羞地浮現微笑，卻也可以感覺到女孩的表情越來越認真，是終於挑選出要說給她聽的故事了嗎？是找到了一個可以給她看的祕密嗎？

「準備好了嗎？」她問。

女孩回答：「我從剛才開始就已經準備好了。」

她用兩隻手輕輕撫摸著桌面，和女孩對視。她想著，即使只有這張不知是什麼時候在哪裡買、連為什麼買都記不得的簡陋桌子，也很足夠；又想著，現在是把小石頭和樹枝，也就是只要放上一根手指頭就會無力崩塌的東西再次堆疊起來，最好的時刻了。

女孩開始說話。

作家的話

在寫小說的這段期間，我經常看電影《游牧人生》（*Nomadland, 2020*）。

雖然小說中也有出現一場以電影為主題的橋段，但奇怪的是，每次看這部電影，每次感受都不一樣。一開始看，覺得是在講一個很常見的敘事——從無情的資本主義秩序中被趕出的落伍者。但也會有那麼一天，感受到電影像一個關於孤獨的比喻。

我也曾把它解讀成有關沉默的原因，或覺得它是對無法回首的事物所感到的後悔。我曾認為這不過是一個將自我合理化、自我憐憫、自我辯解包裝成像那麼一回事的故事；也曾相信這是一個人在用力擁抱賦予自己生命的容貌。

我認為感想每次都不同的理由就在電影之中，因此試圖在那裡面尋找理由，卻一直沒辦法找到，因為電影是深入省視我自己的鏡頭。

希望這本小說也能讓各位以那種方式閱讀。

真心感謝民音社編輯部，與我一起為不盡善美的原稿苦思，並細心審閱。同時向在我寫作期間，讓我可以依靠的所有一切致以最誠摯的謝意。

作者、譯者介紹

作者——金惠珍

一九八三年生於大邱。

二〇一二年以短篇小說〈小雞快跑〉入選《東亞日報》新春文藝，踏入文壇。其作品擅長直視當代社會的裂痕，探索人與人的關係與情感。《關於女兒》不僅探討了不同世代的母女關係，也深入同志議題，榮獲第三十六屆「中東曄文學獎」；描寫無家者生活的《中央站》，榮獲第五屆「中央長篇小說文學獎」；突顯勞動者困境的《9號的工作》，則獲得第二十八屆「大山文學獎」；最新長篇小說《為我傾聽——貓與那女孩捎來了信》則以網路霸凌為開端，講述疏離破碎的心靈找回力量的感人故事。

另著有短篇小說集《魚肥》、《完美的蛋糕的味道》、《祝福之心》。

譯者——林倫伃

臺灣藝術大學電影系畢業，現為專職譯者，譯書也譯電影。譯有《內容時代必學！解密爆款影片》、《樹葉物語》、《穩利致富，投資ＥＳＧ》等。

敬請賜教：lunyulin.w@gmail.com

為我傾聽——貓與那女孩捎來了信／金惠珍（김혜진）著. 林倫伃 譯. -- 初版. – 臺北市：時報文化，
2025.3；216面；14.8╳21 公分. --（STORY；116）
譯自：경청
ISBN 978-626-419-220-0（平裝）

862.57　　114000600

Originally published in Korea by Minumsa Publishing Co., Ltd.
Published in arrangement with Kim Hye-jin c/o Minumsa Publishing Co., Ltd,
Casanovas & Lynch Literary Agency, and The Grayhawk Agency

※本書獲得韓國文學翻譯院（LTI Korea）補助。
This book is published with the support of the Literature Translation Institute of Korea(LTI Korea).

ISBN 978-626-419-220-0
Printed in Taiwan.

STORY 116

為我傾聽——貓與那女孩捎來了信

경청

作者　金惠珍｜**譯者**　林倫伃｜**主編**　尹蘊雯｜**執行企畫**　吳美瑤｜**封面設計**　蕭旭芳｜**副總編輯**　邱憶伶｜**董事長**　趙政岷｜**出版者**　時報文化出版企業股份有限公司　108019 臺北市和平西路三段240號 3 樓　發行專線—（02）2306-6842　讀者服務專線—0800-231-705．（02）2304-7103　讀者服務傳真—（02）2304-6858　郵撥—19344724 時報文化出版公司　信箱—10899臺北華江橋郵局第 99 信箱　時報悅讀網—www.readingtimes.com.tw　電子郵件信箱—newlife@readingtimes.com.tw｜**法律顧問**　理律法律事務所　陳長文律師、李念祖律師｜**印刷**　勁達印刷有限公司｜**初版一刷**　2025年 3 月14 日｜**定價**　新臺幣450 元｜（缺頁或破損的書，請寄回更換）

時報文化出版公司成立於 1975 年，1999 年股票上櫃公開發行，2008 年脫離中時集團非屬旺中，
以「尊重智慧與創意的文化事業」為信念。